WALDEMAR HAHN

INSPEKTOR ALEXANDER

KRIMIGESCHICHTEN

Gewidmet Menschen,
die tagtäglich selbst ihr Leben
aufs Spiel setzen,
um die Rechte der anderen
Menschen zu schützen.

Die Geschichten beruhen auf
wahren Begebenheiten.
Die Personen sind frei erfunden.

Waldemar Hahn

INSPEKTOR ALEXANDER

Krimigeschichten

Bibliografische Information der deutschen Bibliothek
Die Deutsche Bibliothek verzeichnet diese Publikation
in der Deutschen Nationalbibliografie;
detaillierte bibliografische Daten sind im Internet über
http://dnb.ddb.de abrufbar

ISBN: 978-3-7439-4075-8   (Paperback)
978-3-7439-4076-5   (Hardcover)
978-3-7439-4077-2   (e-Book)
Printed in Germany. Alle Rechte beim Autor

Verlag: tredition GmbH, Hamburg

PROLOG

Inhalt

PROLOG

Im Buch beschreibt der Autor die Weisen der Aneignungen der Gelder und der anderen Waren der Unternehmen durch Verübungen der Verbrechen von Leitern der Warenlager und von den anderen Mitarbeitern, die Typisch zu Gemeinschaftsküchen (Restaurant, Speisehalle), zu Warenhandlungen (Groß- und Kleinhandlungen), zu Versicherungen, zu Einkaufshandlungen, gehören.

Auf diese Weise, die im Buch beschrieben werden, können Aneignungen der Gelder und der anderen Waren in Unternehmen jeder Art und jeder gesellschaftlich-ökonomischen Formation getan werden.

Derartige Handlungen können in jedem Unternehmen sowohl zum Zweck der Aneignungen der Gelder bzw. der Waren als auch zur Steuerhinterziehung verübt werden.

Gleichzeitig beschreibt der Autor die Prozesse der Sammlungen der Beweise zum Zweck der Entlarvungen der Täter, die Gelder und andere Waren den Unternehmen entwenden.

Das Buch ist deshalb als Methodik geeignet, weil das Verfahren der Buchführung bzw. der Buchhaltung in Unternehmen jeder

Gesellschaft auf dem Prinzip der Verbuchungen jedes Geschäftsvorfalls über zwei Konten erfolgt.

Der Autor zeigt, wie mittels der dokumentarischen Revision durch die Wiederherstellung der ursprünglichen Einnahmen und der ursprünglichen Ausgaben auf Grund der Rechnungen, Liefererscheinen die Entlarvung der Verübung der Geldaneignungen sowie der anderen Waren möglich gemacht werden.

Alexander überzeugte den Autor, dass am meisten die Aneignungen der Gelder und der anderen Waren von Leuten verübt werden, die über den Besitz der Gelder bzw. der Waren verfügen oder an der staatlichen Macht sind und zu Mittätern werden.

Habgier, Unehrlichkeit, Unbescheidenheit, Gesinnungslosigkeit einer Person sind Voraussetzungen ihrer Zuneigung zur Korruption (Bestechung, Aneignung des fremden Vermögens).

Sollten solche Personen eine Stelle als Leiter bekleiden oder eine Stellung als Beamte, Amtsperson im öffentlichen Dienst einnehmen, dann sind sie mehr geneigt, in solchen Verbrechen Mittäter zu werden.

Je höher das bekleidende Amt solche Personen in der Obrigkeit innehaben, desto mehr Machtbefugnis haben sie den Personen gegenüber, die über den dienstlichen Besitz des Vermögens verfügen, um die Letzte zur Aneignung des sich bei ihnen befindendem Geld und Gut zu zwingen.

Als die Einführung der privatwirtschaftlichen Eigentumsordnung durch den Staat verordnet war, sozusagen die Privatisierung des staatlichen Vermögens, prägte sich sehr scharf dieser Prozess aus.

Leute, die an der Macht gewesen waren, privatisierten durch die Ausnutzung der Macht die besten Unternehmen. Und wer auf dem Wege stand, wurde einfach umgebracht bzw. vernichtet.

Während seiner Tätigkeit als Inspektor vergewisserte sich Alexander und erzählte dem Autor, dass in vielen Fällen zwischen den Mittätern und Mittäterin Liebesaffären entstehen, und ihre Beziehungen manchmal auch zur echten Liebe werden.

Dabei beschreibt der Autor selbst die Liebesakten, weil er der Meinung ist, dass das Geschlechtsleben normalerweise zum Teil des menschlichen Lebens gehören.

Von daher müssen die Menschen davon Kenntnisse haben.

Mit seinen Krimi-Kurzgeschichten schildert der Autor wie in solchen Familien zugleich aufgrund der Ehebrüche zum Drama und sogar zur Tragödie kommt.

Die Beteiligte an Verübung der Verbrechen und ihre Familienmitglieder erlebten in vielen Fällen Unglück und überzeugen sich, dass allein das Geld kein Glück bringt.

Während der Ermittlungen der Aneignungen der Gelder, die in den achtziger Jahren des zwanzigsten Jahrhunderts verübt wurden, konnte Alexander sich nicht vorstellen, dass die Einteilungen der angeeigneten Gelder 50% zu 50% in der Kriminalwelt zu Gewohnheit geworden war.

Was heißt Gewohnheit?
Das heißt, dass in neunziger Jahren des zwanzigsten Jahrhunderts bei der Aufnahme der Kredite bei Banken die neu gestaltende Unternehmer 50% ihrer Kreditsummen für die Zubilligung der Kredite den Bankier abgeben mussten.

In neunziger Jahren des zwanzigsten Jahrhunderts war es zur Regel in vielen Regionen der Sowjetunion geworden.

Aber mit dem Unterschied, dass die angeeignete Gelder, die in den achtziger Jahren des zwanzigsten Jahrhunderts unter den Mitttätern eingeteilt wurden, zum staatlichen Eigentum gehört hatten, und Gelder, die in neunziger Jahren des zwanzigsten Jahrhunderts zu Gegenständen der Einteilungen geworden waren, waren Eigentum der neu entstehenden Unternehmen, deren Unternehmer für das private Business Kredite aufgenommen hatten.

Alexanders Belehrungen halfen dem Autor in seinen philosophischen Werken, die er von 2005. bis 2016. geschrieben hatte, die Theorie über die Axiomen und besonders über die Axiomen zu subjektiven und zu objektiven Kräften der Warenproduktion zu entwickeln.

Waldemar Hahn
Marsberg, den 05.07.2017

Erstes Buch

Aneignungen der Gelder
und der anderen Waren
durch Kaufleute der Gemeinschaftsküchen

I

Im Juni 1981. fuhr Elena Mayer nach Novosibirsk zu Besuch ihres Bruders –
Edmund Strecker. Bevor sie von Zuhause abgefahren war, hatte sie mit ihrem
Ehemann - Georg Mayer vereinbart, dass sie dort bis zum Juli bleiben wird.

Sie telefonierten miteinander jede Woche und weder ihr Bruder noch ihre
Tochter – Elisabeth merkten, dass ihre Beziehung zueinander wirklich in Krise
gewesen war.

Nach einiger Zeit fuhr Elisabeth nach Omsk, um dort Aufnahmeprüfungen an
Juristischen Fakultät der Staatsuniversität abzulegen.

Elena erzählte gar nichts Edmund von ihrer Ehekrise. Aber Elisabeth war schon
18. Jahre alt und war der Ansicht, dass ihre Eltern einer für den anderen sich
nicht mehr interessieren. Sie fand, dass sie sich nicht mehr lieben. Mama liebt ihn
vielleicht noch, aber Papa hat sie nicht mehr lieb. Manchmal kriegte sie mit, wie
sie sich wegen irgendwelcher Mira gestritten hatten.

Sie erinnerte sich an ihre Kindheit, wie ihre Familie damals gut gelebt hatte, als
Mama und Papa sich geliebt hatten. Sie waren nett und liebenswürdig
zueinander.

Elisabeth war die einzige Tochter und ihre Eltern erlaubten ihr alles, was sie sich
leisten konnten. Unter ihrem Freundeskreis zählte sie zur wohlhabenden Familie.

Eltern, von vielen ihren Freunden und Freundin konnten ihnen sowas wegen Mangel an Geld nicht kaufen. Fast jeden Sommer verbrachten sie zu dritt bei Vaters Schwester – Klaudia Zimmermann in Kaukasus. Das waren die glücklichsten Jahre im Leben ihrer Familie.

Von 1977. an hatte sich in Beziehung ihrer Eltern vieles verändert. Obwohl ihre Eltern mehr Geld für Schmuck und teure Bekleidungen ausgegeben hatten, waren sie aus ihrer Sicht nicht mehr glücklich. Mit zunehmendem Alter ist sie der Meinung geworden, allein das Geld bringt kein Glück.

Jetzt war sie soweit und legte in Omsk an Juristischen Fakultät der staatlichen Universität Aufnahmeprüfungen ab.

Am Anfang Juli rief Elena Zuhause an und sagte: »Georg, am 7. Juli komme ich mit dem Zug »Wladiwostok – Taschkent« nach Siebenzelt. Bitte hole mich vom Bahnhof ab!« »Elena, weißt du um wie viel Uhr der Zug in Siebenzelt ankommt?«, fragte er sie.

Elena: »Ich habe mich danach erkundigt, er kommt gegen 15 Uhr dort an.«

»Gut, ich hole dich ab«, antwortete Georg.

Beim Abholen unterwegs nach Hause redeten sie über Zukunft von ihrer Tochter - Elisabeth, über sich selbst, wie sie sich den Aufbau ihrer Existenz in Zukunft ersehnen.
Es schien, als ob das Schwerste in ihrer Beziehung vorbei gewesen war. Es war mehr als 30 Grad Wärme als sie auf dem Weg nach Hause waren.

Beim Vorbeifahren des von rechts liegenden Wasserspeichers drehte Georg nach rechts und fuhr zum Stausee, der ein paar Kilometer von der Straße in den Bergen liegt.

Der Stausee bildete sich aus dem Schneewasser. Kleine Fischbetriebe züchteten hier Fisch. Am Nordstrand und am Südstrand wurden zwei Gasthofe für Touristen und Durchreisende aufgebaut, die entsprechende Namen Gasthof »Nord« und Gasthof »Süd« gehabt haben, in denen sich hauptsächlich müde von weiten Wegen durchreisende Leute erholt haben.
In der Sommerzeit waren hier auch Touristen aus Kasachstan, Russland, Kirgistan und anderen Ländern der Sowjetunion.

Es war sehr warm und die beiden verbrachten am Nordstrand die Zeit bis zum Abend. Dann schlug Elena vor, hier im Gasthof »Nord« zu übernachten. Sie sahen sich schon lange nicht und Elena sehnte sich schon nach Georg.

Die Angestellte von der Rezeption des Gasthofs Irma Schnell sagte ihnen: »Leider sind alle Doppelzimmer bereits besetzt. Sie können für sich nur noch Einzelzimmer einmieten.«

Damit sie bequem schlafen können, nahmen sie zwei Einzelzimmer. Zum Abendessen gingen die beiden in die Bar, die sich auf dem Erdgeschoss befand. Hier aßen und erholten sich am meisten nur Touristen und Durchreisende, die im Hotel zum Nachtquartier geblieben waren.

In der Bar gab es auch Musik für Tanzende. Nach dem Abendessen zogen sie sich zurück in ihre Zimmer. Ein paar Minuten später kam Elena zum Georg.

Sie redeten weiter über ihre Tochter und über ihre Gefühle zueinander. Als sie sich zu ihm ins Zimmer vorbereitet hatte, dachte sie, dass er nach so vieler Zeit des Getrenntseins mit ihr schlafen werden will und wird sie dazu in sein Bett verlocken. Sie war erwartungsvoll, aber es ist nicht geschehen. Dann versuchte Elena die Initiative zu ergreifen. Sie schmiegte sich an ihn an und wollte mit ihm knutschen; dabei küsste sie ihn.

»Nein, ich bin müde und will mich richtig erholen. Morgen früh müssen wir nach Hause fahren. Zuhause ist viel zu tun. Elena, ich bin müde, komm gehen wir schlafen«, sagte Georg.
Von seinem kühlen Verhalten zu ihr überlief sie heiß und kalt.

Sie begriff, dass er alles aus Mitleid zur ihr und nicht aus Liebe gemacht hat. Sie fühlte sich erniedrigt und verletzt. Davon brauste sie auf und sagte: »Du liebst mich gar nicht mehr. Ehrlich gesagt, ich wollte nicht mehr zu dir zurück kommen. Ich wollte für immer in Novosibirsk bleiben.

Du denkst nur an Mira. Du vögelst sie, wann du willst und wie du willst. Deshalb brauchst du mich nicht mehr. Mache keine Geschichte! Irgendwann kommt ihr beiden ins Gefängnis«. Elena schrie sich aus und verließ sein Zimmer.

Sie ging in ihr Zimmer hinein, stürzte sich auf das Bett, steckte das Gesicht ins Kissen und weinte bittere Tränen. So lag sie nicht lange und dann wischte sie die Tränen ab.

Durch Georgs Benehmen ist sie betrübt geworden. Und sie verstand auch, dass sich in Ihrer Beziehung sowieso nichts ändern wird.

14

»Jetzt muss ich mich irgendwie ablenken, irgendwie die Zeit verbringen, damit die Nacht schneller rum ist. Ich muss mehr unter Menschen gehen und mich nicht verschließen«, fiel ihr die Idee abrupt ein.

»Ab morgen muss ich denken, wie ich mich aus dieser Patsche ziehen soll«, dachte sie.

Es war Dreiundzwanzig Uhr nachts. Schnell machte sie sich schick und ging nach unten in die Bar.

Hier nahm sie an einem Tisch Platz und in Kürze kam zu ihr Kellner und fragte: »Wollen Sie etwas bestellen?«
Sie antwortete sehr leise: »Bitte, nur ein Glas Rotwein.« Ihr Geld war zu Ende.

Als sie mit dem Kellner geredet hat, drehte sich zu ihnen ein Mann, der am anderen Tisch mit dem Rücken zu ihnen saß, um, und richtete sein Blick auf Elena. Das war Artur Engelhard. Er war nicht nur ihr Klassenkamerad, sondern die beiden hatten sich geliebt.
Er ging zu ihr, grüßte und küsste sie an die Wange.

Er sagte: »Elena, so viele Jahre sind vergangen, aber ich habe dich sofort an deine sanfte, zärtliche Stimme erkannt. Damals hatte mein Gehirn deine Stimme auf ewig gespeichert. Darf ich neben dir Platz nehmen?«

Elena: »Ja, gerne!«
Artur: »Hättest du je gedacht, dass wir uns nochmals so treffen werden?«
»Willst du was zum Essen«, fragte er sie. »Nein, ich habe schon mit meinem Mann gegessen«, antwortete sie.

15

Artur: »Mit deinem Mann? Wo ist er denn?«
Elena: »Er schläft in seinem Zimmer«.

Artur: »Habt ihr verschiedene Zimmer?«
Elena: »Als wir kamen, waren schon alle Doppelzimmer besetzt. Deshalb konnten wir nur Einzelzimmer einmieten.«

Artur bestellte jedem ein Glas Rotwein, für sich etwas zum Essen und für Elena ein Glas Wasser.
Sie aßen und redeten über ihre Schuljahre und ihre Jugend, über ihre Klassenkameraden. Danach bestellte er noch einmal jedem ein Glas Rotwein und ein Wasser.

Die beiden konnten niemals die Schuljahre und die Schulentlassungsfeier vergessen. Damals hatten sie die ganze Nacht zu zwei verbracht. Artur fragte Elena: »Elena, erinnerst du dich an unser erstes Mal. Ich war wahnsinnig aufgeregt. Ich wusste nicht, wie man das richtig machen sollte«.

Elena: »Ich ebenso. Trotzdem gefiel es mir, wie du alles mit mir gemacht hattest. Wahrscheinlich, weil ich dich immer sehr lieb gehabt hatte. Wenn ich mich daran erinnerte, wollte ich dich immer wieder haben.«

Elena lächelte ihm zu und lehnte sich mit dem Kopf an seine Schulter. So saßen sie Schulter an Schulter eine Weile und redeten miteinander.
Von ihren Seelenwärme zueinander prickelte etwas in ihren Körpern und seine innige Berührung ihrer Hände, ihres Armes weckte in Elena das Wohlgefallen, das sie an ihm fand.

In ihnen stieg die Begierde zur sexuellen Annäherung.

Das waren Anzeichen ihrer gebliebenen gegenseitigen Gefühle der sexuellen Zuneigung, die am meisten aus Liebesgefühlen aufflammen.

Es spielte Musik zum Lied »Delilah« von Tom Jones. Elena und Artur tanzten.

Artur: »Elena, hier kann man nicht reden, die Musik ist zu laut, komm gehen wir in mein Zimmer.«

Sie gingen in Arturs Zimmer, schlossen sich ein und redeten miteinander. Artur erzählte wie er bei Militär von seinem Truppenteil für 2. Jahre ins Ausland eingesetzt wurde. Nach der Demobilisierung lebte er mit seinen Eltern in Radviliskis in Litauen. Seine Versuche Elenas Aufenthaltsort festzustellen, waren ohne Erfolg.

Elena: »Ich habe doch Berufsausbildung in Siebenzelt gemacht. Und wie mir später bekannt geworden war, haben meine Eltern deine Briefe vernichtet. Sie wollten nicht, dass ich dich heirate, weil du Deutscher bist.«

Beide waren angetrunken und strahlten vor Glück von ihrer Begegnung. Im Nur war in Elenas großen braunen glänzenden aus Freude Augen Liebe zu sehen.

Die auffressenden Augen bei ihren Blicken aufeinander verraten das behaltene Gegenliebe.

Elena war außer sich vor Freude. Das Lächeln auf ihren leicht schwellenden dunklen mit roter Pomade geschminkten Lippen machte sie hübscher.

17

Ihre bogenförmige schmale Augenbrauen, die sich zeitweise abwechselnd nach oben bewegten, machten ihr Gesichtsausdruck freundlich und glücklich.

»Sie sind genauso geblieben, wie sie vor mehr als 19. Jahren gewesen waren«, dachte Artur.

Die behaltene Liebesgefühle zueinander gaben ihnen keine Zeit zum Reden. Artur ging zu ihr, armte sie um und sagte: »Ich liebe dich bis heute noch!«

Schweigend mit einem Kuss auf seine Lippen erwiderte sie ihre Gefühle zu ihm. Er knöpfte ihre Bluse auf und küsste sie auf die Brust. Sein Verstand war nicht mehr beisammen und er hörte kaum ihre Herzklopfen, die sie verraten, dass sie ihn wollte. Artur küsste sie auf die Brustwarzen.

Sie armte seinen Kopf um, drückte ihn an ihre Brust und schob ihn allmählich nach unten zu ihrem Bauch und weiter nach unten. Und er küsste ihren Körper immer wieder und sie merkten nicht, wie er sie und sich ausgezogen hat.

Er nahm sie zärtlich in seine Hände und legte sie auf das Bett. Von ihren gegenseitigen Berührungen stieg ihnen das Blut zu Kopfe, ihre brennende Herzen pumpten das Blut in alle Glieder ihrer Körpern, sodass bei den beiden die geschlechtliche Begierde angestiegen war und sie sich wieder und wieder aneinander angeschmiegt hatten.

Er tat mit ihrem Körper, was ein Musiker mit seinem Musikinstrument machte und dadurch ließ er seine Liebe zu ihr raus: Er armte sie liebevoll an ihrem Becken und Oberschenkel um, zog sie nach oben und schmiegte sich immer wieder kraftvoll an sie; drehte sie auf den Bauch, armte sie an ihrer Brust um, legte ihre Busen in seine Handflächen und drückte sich mit voller Zärtlichkeit an ihren Genitalienbereich und dabei küsste er sie unaufhörlich auf die Lippen, auf den Busen, auf die Brustwarzen, auf den Bauch, auf den Rücken und auf das Hals.

Mit voller Pathos, nämlich mit übertriebenen Gefühlserregung, ließ er Elena seine Liebe zu ihr, zu spüren. Sie drückte von der Wonne ihre Augen zu, bekam hintereinander zweimal Orgasmus und die beiden wünschten sich die Wollust bis ins Unendliche zu sei.
Danach lagen sie auf dem Bett und redeten eine Weile miteinander.

Elena: »Das war aber süß!«
Artur: »Ich liebe dich bis jetzt noch. Komm mit mir nach Radviliskis in Litauen mit.«

Elena: »Du bist doch verheiratet.«
Artur: »Meine Frau ist vor zweieinhalb Jahren durch Autounfall verunglückt. Ich bin allein. Meine Kinder haben schon eigene Familien.«

Nach einer Weile schlief er ein.
Elena, die hübsche, attraktive, brünette Frau, die nicht einmal ihren Ehemann – Georg betrogen hatte, traute ihren Ohren nicht, dass in ihrem Leben im Nu sich alles verändern werden kann.
Was im Georg vorgeht, ist ihr wahrscheinlich klar. Er liebt sie nicht mehr und irgendwann wird er sie sowieso verlassen. Elisabeth wird Studium machen. Sie kann ihre Tochter auch aus Litauen unterstützen und ihr beim Studium finanziell mithelfen.

19

Aber sie hat hier in Maibach gute Arbeit. Viele Jahre ist sie beim Krankenhaus als Krankenschwester beschäftigt.

Elena: »Wenn Artur sagt, dass in Radviliskis ich auch Arbeit als Krankenschwester finden werden kann, dann fahre ich mit ihm mit, ohne daran nachzudenken. Er liebt mich und das ist für mich wichtig!«
Unmerklich fiel sie in Schlaf und schlief bis 5. Uhr, ohne aufzuwachen. Sie wurde von Arturs Küssen aufgewacht.

Artur: »Elena, komme bitte mit mir nach Radviliskis mit!«
Elena: »Bis du dir sicher, dass du mich dort brauchen wirst?«

Artur: »Ehrlich gesagt, ich habe dich in Maibach gesucht und dann zum Glück rein zufällig hier getroffen. Das ist unser Schicksal.«
Elena: »Wie meinst du, kann ich bei euch Arbeit als Krankenschwester finden?«

Artur: »Mache dir keine Sorge. Das werden wir schon hinbringen.«
Artur überredete Elena nach Litauen zu gehen.
Elena und Artur meldeten sich bei der Rezeption des Gasthofs im Einzelnen ab, damit niemand merkte, dass sie gemeinsam weggefahren sind. Eineinhalb Stunden darauf waren Elena und Artur mit dem Zug auf dem Weg nach Litauen.

Am nächsten Tag fiel Elena ein, dass sie vor 3. Monaten unmerklich gesehen hatte, wie Georg auf ihrem Hofe nicht weit von ihrem Hund ein Beutel aus Plastik in der Erde verbergt hatte. Als er von Zuhause weg gewesen war, hatte sie den Beutel ausgegraben. Im Beutel waren mehrere dutzende Tausende Rubel in verschiedenen Geldscheinen.

Den Beutel legte sie in ein hermetisches Kästchen aus Stahl, das sie vom Krankenhaus mitgebracht hatte, und vergrub es im Keller ihrer Wohnung, sodass es niemand mitgekriegt hatte.

Vor dem Vergraben des Kästchens erstellte sie eine Liste von Geldscheinen mit der gesamten Geldsumme und steckte aus Vergesslichkeit die Liste beisammen mit Geld ins Kästchen hinein.
Bis jetzt weiß Georg davon gar nichts.

»Was jetzt? Sie verlässt ihr Zuhause, ohne jemandem etwas zu sagen. Aber es kann doch mit dem Geld gar nichts passieren. Und ich kann das Geld jede Zeit ausgraben und holen. Ich muss das Geld in die Zukunft unserer Tochter – Elisabeth investieren. Georg denkt sowieso nicht mehr an uns«, ging ihr durch den Kopf.
Niemand wusste, dass sie mit Artur nach Litauen weggefahren worden ist.

II

Im 1980 machte Alexander in der Hochschule für Untersuchungsrichter von Staatsanwalt und Innenministerium der Sowjetunion in Petersburg ein weiteres Studium.

Er studierte zusätzlich das Strafgesetzrecht, Kriminalistik, Buchhaltung, Durchführung der dokumentarischen Revisionen und der buchhalterischen Expertisen.

21

Nach dem Erwerb der guten Kenntnissen von oben genannten Fachen arbeitete er weiter als Untersuchungsrichter und ermittelte am meisten Verbrechen, die in Unternehmen der Volkswirtschaft begangen worden waren.

Im 1981 wurde Alexander zum Inspektor ernannt. Seine Aufgaben waren jetzt hauptsächlich Ermittlungen gegen Korruption, Bestechung und andere Verbrechen durchzuführen, die in den Unternehmen der Volkswirtschaft verübt waren.

Er wusste, dass man erfolgreich solche Verbrechen nur dann ermitteln kann, wenn man die Untersuchungen mit voller Verantwortung, ehrlich, gerecht und ohne Bestechungsgeld zu bekommen, macht.

Dabei darf man nicht eine Doppelzüngigkeit ausüben, besonders bei den Ermittlungen gegen vorbestrafte Personen, die schon Freiheitsstrafe abgebüßt hatten.

Wenn die Leute merken, dass man über die Information und über die Informanten nichts jemandem erzählt, nämlich, dass das unter vier Augen stattgefundenes Gespräch auch so in der Tat bleiben wird.
Dann nehmen die Menschen am schnellsten mit solchen Inspektoren Kontakt auf, und benachrichtigen die Letzte von Tatsachen der Verbrechen bzw. der Täter.

Alexander erlebte sowas nicht einmal. Eines Tages rief ihn eine Frau an, stellte sich nicht vor und sagte: «Alexander, ich möchte gerne dir etwas über Diebstahl beim Restaurant und bei der Speisehalle der Stadt Maibach mitteilen.»

Bis heute weiß Alexander nicht, wer diese Person gewesen war.

Bei der Ermittlung informierte sie Alexander noch ein paar Mal telefonisch über die Tatsachen des Diebstahls beim Restaurant und bei Speisehalle. Dafür zahlte er ihr für jede Information Geld, das er am ausbedingten Ort im Umschlag für sie hinterlassen hatte.

Sie wollte sich mit ihm niemals treffen. Vielleicht war sie eine nahe Freundin oder Kollegin von Mira Kayt.

Beim ersten Telefonat sagte sie: »Die Leiterin vom Warenlager des Restaurants und der Speisehalle Mira Kayt kauft von den Leuten Rindfleisch, Schweinefleisch und Schaffleisch von guter Qualität ein.

Das Fleisch muss sie normalerweise mit Fakturen bzw. Liefererscheinen an das Restaurant und die Speisehalle für die Vorbereitungen der Gerichte für Besucher des Restaurants und der Speisehalle übergeben. Aber sie verkauft das Fleisch an Einwohner der Stadt gegen hohe Preise und das Geld nimmt sie an sich.«

Mehr hatte sie ihm nicht gesagt, weil sie nicht wusste, was Alexander vornehmen wird. Davon berichtete Alexander niemandem und nahm auch nichts vor. Für ihn war nicht klar, wie die Leiterin des Warenlagers Mira Kayt das Manko am Fleisch gedeckt hatte, falls sie das eingekaufte Fleisch verkauft hatte.

Jeden Monat gab Mira Kayt der Buchhalterin vom Restaurant und von Speisehalle Frau Olga Busch die Bestandsrechenschaft ab, in der sie das Saldo vom vorigen Monat und die Einnahmen und die Ausgaben aller Waren in ihren Mengen und Preisen für laufenden Monat berechnete und das neue Saldo ermittelt hatte.

23

Solch eine Ordnung galt für alle rechenschaftspflichtige Personen in den Ländern mit Staatseigentum und einschließlich in der ehemaligen Sowjetunion.

Alexander stellte folgende Versionen (Varianten) auf: Entweder entwenden Mira Kayt, Buchhalterin und Direktor dem Restaurant und der Speisehalle das Fleisch in einer verbrecherischen Gruppe und die Buchhalterin sorgt darum, dass die Rechenschaften von Mira Kayt jeden Monat richtig falsifiziert werden, oder sind Buchhalterin und Direktor keine Mittäter und Mira Kayt entwendet Waren in einer Gruppe mit Chefkochen und die Fälschungen der Einnahmen und der Ausgaben bei Erstellung der Rechenschaften machen sie zusammen, sodass das neue Saldo summarisch richtig herauskommt.

Und es kann auch sein, dass die Informantin den Ruf von Mira Kayt aus Feindseligkeit oder vor Neid schädigen will. In solchem Fall wird der Tatbestand fehlen.
Heimlich stellte Alexander fest, dass Mira Kayt wirklich für ihre Familie ganz viel Geld ausgibt, obgleich sie nicht so viel verdient. Ihr Ehemann – Anton Kayt arbeitet als Elektro-Ingenieur und verdient auch nicht so viel Geld.

Von jetzt auf gleich entschied Alexander mit der Durchsuchung des Warenlagers nicht zögern, um den rohfassenden Notizblock bzw. das Notizbuch von Mira Kayt und andere Beweisstücke zu finden und zu beschlagnahmen.

Aus eigener Erfahrung wusste Alexander, dass jeder Leiter bzw. Leiterin vom Warenlager, die die Waren für sich entwenden, eine doppelte Buchführung machen, um die Fälschungen bei der Rechenschaften glaubwürdig zu machen, damit das neue summarische Saldo richtig herauskommen wird.

Alexander plante im Falle der Durchsuchung bei Vorhandensein der Beweisstücke den Warenlager versiegeln und Inventur der Waren anordnen. Zugleich alle Rechenschaften pfänden und eine dokumentarische Revision verordnen.

Bei der Durchsuchung des Warenlagers fand Alexander den Notizblock von Mira Kayt, in dem Daten und Fakturen nicht nur für Rind- , Schweine- und Schaffleisch mit Gewichten und Preisen aufgezeichnet worden waren, sondern auch andere Waren, wie z. B. Makkaroni von verschiedenen Sorten, Schokoladenbonbon usw., die genauso verschiedene Preise hatten.

Im Block standen manche Namen. Am häufigsten stand der Name von Georg. Es gab auch Aufzeichnungen, dass Direktor Herr Tomas Link und Buchhalterin Frau Olga Busch ohne die Bezahlung der Gelder Obst, Kognak, Champagne und andere Waren bekommen hatten.

Alexander verglich einige Aufzeichnungen mit den Originalen der Rechenschaften für die letzten 4. Monaten und merkte, dass in dem Zeitraum verschiedene Sorten von Rind- , Schweine- und Schaffleisch mit ungleichen Preisen, und zwar von 0,8 Rubel bis 4,20 Rubel pro 1. kg standen.

Deshalb beschlagnahmte er aus der Buchhaltung die Rechenschaften von Mira Kayt für 5. Jahre ihrer Beschäftigung als Leiterin des Warenlagers. Er plante nun das richtige Saldo von allen Waren für die 5. Jahre ihrer Beschäftigung festzustellen. Dafür sollte man die Wiederherstellung der Einnahmen und der Ausgaben des Fleisches und aller anderen Waren nach ihrer Menge im Gewicht von Kilogramm (kg) und der Summe ihrer Preisen in Rubel bewertend durchführen.

Die Revisoren sollten nun das tatsächliche Saldo auf Grund der allmonatlichen Rechenschaften der Leiterin des Warenlagers Mira Kayt für die Dauer ihrer Beschäftigung im Vergleich mit Ergebnissen der letzten Inventur, in der die Bestandsaufnahme aller Waren aufgrund des Auftrags von Alexander gemacht werden, feststellen.

Alexander überlegte: »Beim Zögern mit der Verhaftung von Mira Kayt wird sie alles unternehmen, um die Beweisstücke, wie Notizbücher usw., zu vernichten. Sie wird das Geld, das sie sich durch Verkauf von Fleisch und der anderen Waren angeschafft hatte, besser verstecken, um die strafrechtliche Verantwortung zu vermeiden. Hier handelte es sich um mehrere dutzende Tausende Rubel.«

Er traf Entscheidung Mira Kayt vorläufig zu verhaften. In der Zelle lernte Mira Kayt eine inhaftierte Frau mit Vorname Veronika, die wegen Spekulation mit Waren verhaftet worden war. Sie lernten sich kennen. Veronika stammte aus anderer Stadt, war früher für Diebstahl verurteilt und hatte 3. Jahre die Strafe abbüßen müssen.

Veronika: »Wie ich sehe, bist du hier zum ersten Mal, eine Neue«.
Mira: »Ja, ich war vorher noch niemals wegen der Verübung des Verbrechens bestraft.«

Veronika: »Das brauchst du mir nicht zu erzählen. Man sieht Leute, die früher schon im Gefängnis gewesen waren. Sie benehmen sich ganz anders. Solche Leute wissen, wie man sich in Bezug zu anderen verhalten muss, worüber man reden darf, was man fragen darf. Du darfst niemals selbst fragen, weswegen ein Verhafteter im Gefängnis ist.

Du darfst niemals einem Unbekannten etwas anbieten. Man darf niemals auf die Toilette gehen, wenn jemand isst. Wenn man gegen die Ordnung handelt, dann wird man von den Anderen, die schon früher Inhaftierung hatten, bestraft und sogar ganz streng.

Die unbeschriebenen »Regeln«, die im Gefängnis unter den Inhaftierten gelten, muss man wissen, respektieren und sich nach ihnen verhalten, dann gewinnt man nach und nach Respekt. Aber so etwas gewinnt man hier nicht schnell.«

Mira: »Danke dir, für die Erklärung und Unterstützung.«
Auf solche Weise wurde Mira von Veronika ins Vertrauen gezogen.
So erwarben sie bei einander Vertrauen und in kurzer Zeit von 10 Tagen erzählten einander über ihr Leben, ihre Freunde und sogar über die begangenen Straftaten.

Gleichzeitig fing Alexander mit der dokumentarischen Revision an.
Tags nahm Mira Teil an Inventur der Waren. Sieben Tage dauerte die Inventur. Sie wusste, dass der Rest der Waren, die sich im Warenlager befinden, mit dem Saldo, das sie während der Abgabe der letzten Rechenschaften gemacht hatte, nicht übereinstimmen wird.

Bei der Inventur hatte sie keine Möglichkeit über ihre Tate mit jemandem zu reden, weil sie von zwei Begleitpolizisten bewacht wurde. Sie konnte auch keine Aufzeichnungen für die Familie machen.

Ihr Ehemann – Anton Kayt war niemals auf dem Laufenden, er wusste nicht, was sie getan hatte, weil sie ihm niemals und nichts erzählt hatte.

Nachts in der Zelle hatte sie sich an ihre Kindheit, an die Schule und an die Jugendfreunde, an die Fachschule für Warenkunde, wo sie studiert hatte, erinnert. Gerade jetzt hatte sie verstanden, wie ungerecht sie mit ihrem Ehemann umgegangen ist, den sie immer wieder mit ihrem Liebhaber Georg Mayer betrogen hatte.

Hier gingen ihr durch den Kopf Wörter von ihrem Ehemann - Anton: »Mira, wo nimmst du das Geld für teure Schmucksachen? Ich liebe dich. Uns reicht das Geld, das wie beiden verdienen. Wir haben zwei Kinder. Erwiderte Liebe zueinander, zu Kindern und Wohlergehen in der Familie bringen Glück. Allein viel Geld macht keinen glücklich.«

»Wahrscheinlich stimmt es auch, was er gesagt hatte«, dachte nun Mira.

Nach sieben Tagen war die Inventur der Waren fertig.
Alexander hatte Mira jeden Tag verhört. Sie wurde nach allen Aufzeichnungen, die in ihrem Notizblock standen, vernommen.
Beim Verhör fragte er: »Frau Kayt, wer ist der Mann mit Vorname Georg, den sie sehr oft in ihrem Notizblock erwähnt hatten?«

Er war der Chefkoch beim Restaurant und bei der Speisehalle und mit ihm hatte Mira alle frevelhafte Geschäfte gemacht. Er war nicht nur ihr Liebhaber, Mira hatte ihn geliebt.

Deshalb hat sie ungern gesagt: »Das ist mein Kollege.« Sie wollte, dass Georg in die Ermittlungen nicht verwickelt wird. Aber Alexander war ein pedantischer Ermittler.

Er merkte, dass sie ihn nicht in ihre Problemen einziehen will und fragte sie nach jedem Detail ihrer Aufzeichnungen, sodass sie müde geworden war und sich verheddern hatte.

Nach dem Verhör musste sie wieder in die Zelle.

Nachdem das Inventarverzeichnis erstellt wurde, verglich Alexander die Bestandsaufnahmen der Waren mit der letzten Rechenschaft von Mira Kayt, in der die Bestandsaufnahmen ihrer Waren nach Einnahmen und Ausgaben und Saldo gemacht worden waren.

Und die dokumentarische Revision war im vollen Gang. Bis zu zehn Stunden am Tag arbeiteten zwei erfahrene Buchhalterin als Revisoren an der Widerherstellung der Einnahmen und der Ausgaben aller Waren laut den Fakturen (Lieferrescheinen und Rechnungen) von Lieferanten und von Kunden für 5. Jahre.

Die Fakturen von Miras Rechenschaften mussten mit Fakturen von Lieferanten und von Kunden verglichen werden, um die Fälschungen auszuschließen oder zu entdecken.

Schon am achten Tag der Revision merkten die Revisoren, dass im Verzeichnis über Bestandsaufnahmen bei Mira Kayt viele Waren von besseren Sorten mit höheren Preisen gefehlt sind und von niedrigen Sorten mit billigen Preisen zu viel gewesen sind, nämlich; dass auf den Konten von besseren Sorten der oben benannten Waren das Saldo mit Manko und auf den Konten von niedrigen Sorten derselben Waren Überschüsse aufgedeckt worden sind.

Und in den monatlichen Rechenschaften merkte man die umgekehrte Tendenz zu Manko von niedrigen Sorten mit billigen Preisen und Überschüsse von besseren Sorten mit höheren Preisen.

Jetzt war die Aufgabe von Alexander die Ursachen der Unterschiede der Bestanden der oben genannten Waren auf den Konten festzustellen.

Alexander verhörte Mira und dabei kam ins Gerede das Manko von den Waren, wie teures Rind- und Schweinefleisch, beste Sorten von Makkaroni, Schokoladenbonbon, Alkohol-Getränke wie Champagner und Kognak. In der ehemaligen Sowjetunion waren stets zu wenig Waren in den Markten von Einzelhandel.

Das hatte immer die Steigerung der Nachfrage der Bürger auf die Waren beeinflusst, was die Leiter bzw. die Leiterin der Warenlager ausgenutzt hatten, um die Ware zu verkaufen und Geld an sich zu nehmen.

Abends erzählte Veronika: »Ich bin heute wieder von meinem Untersuchungsrichter verhört worden. Weißt du, ich habe mein Tat eingestanden.
Ich will schneller von hier per Etappe zur Isolierzelle kommen. Da werde ich auf meine Verurteilung warten und werde ich mehr Ruhe haben.«

Mira hat ihr aufmerksam zugehört und dabei schüttete sie auch ihr Herz aus: »Heute hat mich Inspektor Alexander beim Verhör wissen lassen, dass er per der dokumentarischen Revision die verkauften von mir Waren nach Menge und Preisen feststellen wird.«

Veronika: »Okay, das wird er schon feststellen, aber er wird doch nicht die Aneignung der Gelder, die du für dich genommen hast, finden. Wenn er das Geld nicht findet, dann ist schwieriger deine Schuld zu beweisen.«

Mira ist in heftige Erregung geraten und plauderte aus: »Ich habe einen Teil vom Geld Zuhause auf dem Balkon versteckt und einen Teil in der Wand im Wohnzimmer hinter dem Schrank eingemauert. Mein Ehemann weiß davon gar nichts. Er vermutet überhaupt nicht, dass ich so viel Geld für die letzten 4. Jahre gestohlen habe.«
»Einerseits ist es gut und andererseits schlecht. Gut, weil weniger Zeugen sind.

Und er auch keine strafrechtliche Verantwortung haben wird. Wie du sagst, habt ihr zwei Kinder. Schlecht, weil es keine Möglichkeit gibt, das Geld in sichere Plätze verstecken zu können«, sprach Veronika zu Mira.

Mira überlegte, ohne ein Wort zu sprechen, was sie morgen beim Verhör sagen soll.
»Komme nicht auf den Gedanken, Geständnis abzulegen. Du musst abwarten, was dein Inspektor dir beweist. Komm! Gehen wir schlaffen. Guter Rat kommt über Nacht«, sagte Veronika.

Veronika kannte die ungeschriebene »Regeln«, die unter den Inhaftierten gelten, und nach denen man niemals jemandem von Inhaftierten einen Rat geben darf, sogar wenn um Rat gebeten wird, ein Geständnis abzulegen.

Unter den Inhaftierten zählte solch eine Handlung zur Niederträchtigkeit, eine hinterhältige böse Behandlung gegenüber den anderen Inhaftierten.

Nachts schlief Mira sehr schlecht. Ihr ging durch den Kopf alles, was sie mit Georg Mayer trieb. Hier in der Haftanstalt ist ihr zum ersten Mal peinlich geworden, dass sie mit ihm die letzten 2. Jahre oft Geschlechtsverkehr gehabt und ihren Ehemann – Anton betrogen hatte.

Sie kam jetzt darauf, dass Alexander gegen Georg ermitteln wird, weil am meisten durch ihn die teuersten Waren fakturiert worden waren.

Sie erinnerte sich an ihr Gespräch mit ihrem Bruder Rolf, dem sie einmal gesagt hatte: »Weißt du Rolf, manchmal denke ich, der größte Glück ist, wenn man leben kann, ohne zu stehlen.«

Ihr Bruder Rolf war zu Besuch in Deutschland und erzählte ihr vom Leben in Deutschland, wo man auf Arbeitslöhne bei Märkten alle Lebensmitteln und andere Waren kaufen kann, nämlich alles was für das Leben notwendig ist.

Am nächsten Tag gegen 9. Uhr fing Alexander wieder mit dem Verhör der Mira an. Alexander führte das Verhör bis ins kleinste Detail und nahm ihre Aussagen zu Protokoll.
Er hält sich an die Regel, an die er sich mit der Zeit gewöhnt hatte, ausführliche Verhöre durchzuführen und alles zu Protokoll nehmen. Bei falschen Aussagen können die Verdächtige während den nächsten Verhören überführt werden.

Alexander sagte: »Mira, innerhalb dieser Tage verhörte ich fast alle Mitarbeiter, die beim Restaurant und bei der Speisehalle arbeiteten, und mir ist bekannt geworden, dass Georg Mayer nicht nur ihr Kollege ist, wie sie es behaupten, sondern, dass ihr beiden euch in einer guten Beziehung befindet. Man kann so sagen, in intimer Beziehung.«

»Hat es welche Bedeutung für die Untersuchung?«, fragte Mira. »Ich glaube, ja«, antwortete Alexander und beendete das Verhör.

Alexander rief ins Gedächtnis den Fall über das Verschwinden der Ehefrau von Georg Mayer vor einem Jahr zurück. Bis jetzt ist ihr Aufenthaltsort unbekannt.

Er holte von der Staatsanwaltschaft und Kriminalamt eine Auskunft über ihr Verschwinden.

In der Auskunft der Staatsanwaltschaft stand: »Aufgrund des Verschwindens von Elena Mayer im 1980 wurde ermittelt. Sie verschwand nach unbekannten Umständen.

Da ihre Leiche nicht erschienen wurde und es keine andere Beweisstücke über ihre Ermordung und einschließlich einen anderen Tatbestand gab, wurde von daher die Ermittlung eingestellt. Sie ist Verschollen.«

In diesem Augenblick hat Alexander sich nichts anmerken lassen und sagte auch später niemandem etwas über den bei ihm erweckten Verdacht zur Ermordung der Elena Mayer - Ehefrau von Georg Mayer.

»Zunächst muss man die Ermittlungen gegen Aneignung der Gelder beenden. Sollte bei der Ermittlung ein Bedarf an ihrer Suche entstehen, dann werde ich nach Elena Mayers Standort suchen«, dachte er.

Georg und andere zwei Chefkoche wurden noch nicht verhört. Das machte Alexander mit der Absicht, damit sie nicht wissen, was ihn interessiert.

Ihre Rechenschaften für den Zeitraum befanden sich sowieso in denselben Ordnern mit den Rechenschaften von der Leiterin des Warenlagers Mira Kayt, die während der Durchsuchung beschlagnahmt wurden und waren bei den Revisoren gewesen.

Die dokumentarische Revision wurde von zwei Revisoren, die von Beruf qualifizierte und erfahrene Buchhalterin waren, durchgeführt.

Eine von ihnen war Informantin von Alexander. Bei ihr erkundigte er sich nach allen gefälschten Fakturen (Lieferscheinen, Rechnungen).

Am nächsten Morgen verhörte Alexander weiterhin Mira:

»Mira, aus den Fakturen, die ihren Rechenschaften beigefügt worden sind, ist mir bekannt geworden, dass viele Waren von erstklassigen und teuersten Sorten, besonders Rind- , Schweine- und Schaffleisch an Chefkoch Georg Mayer ausgeliefert und fakturiert worden waren. Was können Sie mir darüber sagen?«

Mira sagte: »Ich glaube, dass ich allen drei Chefkochen, die in drei Schichten beschäftigt sind, gleiches Fleisch, je nach dem Bestand und nach dem Bedarf zugeteilt und fakturiert hatte.«

Alexander: »Gemäß der Bestandsaufnahme der Inventur fehlen bei ihnen viele Sorten von gutem und teurem Fleisch und auch von anderen teuren Waren, wie z. B. Makkaroni und sind Überschüsse von niedrigen Sorten von Fleisch mit billigen Preisen aufgedeckt.«

Alexander weiterhin: »Und die durchführende dokumentarische Revision zeigt uns das Umgekehrte, dass bei Ihnen große Menge von Fleisch der niedrigen Sorten und billigen Preisen fehlen.

Somit wird inzwischen durch die Wiederherstellung der Einnahmen und der Ausgaben der genannten Waren für den Zeitraum das Manko von Fleisch, sowie der anderen Waren, wie z.B. Makkaroni, die zu niedrigen Sorten gehören und billige Preise haben, festgestellt.

Gleichzeitig entstehen Überschüsse von guten Sorten des Fleisches und anderen oben genannten Waren mit höheren Preisen.«

»Frau Kayt, was können Sie darüber sagen?«, fragte sie Alexander.
Mira Kayt hat ihre Tat nicht gestanden. Alexander beendete das Verhör und entschied sich Durchsuchung der Wohnung von Mira Kayt vorzunehmen.

Mira Kayt wurde zur Einsichtnahme der Beschluss zur Durchsuchung ihrer Wohnung vorgelegt und danach wurde Mira wieder in die Zelle geführt.

Alexander zögerte mit dem Anfang der Durchsuchung und überlegte sich anders, und zwar mit der Durchsuchung der Wohnung am nächsten Morgen anzufangen, aber sagte Mira davon gar nichts.
Mira wurde sehr Nervös und machte jetzt sich große Sorge um die Durchsuchung, weil dadurch das Geld gefunden werden kann.

Sie wartete auf die Aufforderung zur Durchsuchung und sie kam nicht vor. Das hat sie aus der Ruhe gebracht.
»Was ist mit dir los?«, fragte Veronika Mira als sie zurück in die Zelle kam.

Mira gerät in Verlegenheit und plauderte zu viel aus, sogar, wo sie das Geld versteckt hatte.

Jetzt wusste Veronika, dass sie das Geld von mehreren dutzenden Tausenden Rubel in einer Tüte aus Folie in einen Behälter mit voller Mehl gelegt und Zuhause auf dem Balkon verborgen hatte.

Einen anderen Teil ebenso von mehreren dutzenden Tausenden Rubel versteckte sie in der Wand ihres Wohnzimmers. Sie legte das Geld in eine Tüte aus Folie und mauerte das Geld in die Wand ein.
Sowohl ihr Ehemann als auch ihre beiden Töchter hatten davon keine Ahnung.

Nachts schlief sie schlecht und erinnerte sich daran, dass sie sich vor einem Jahr von ihrem Ehemann Anton Kayt trennen wollte und zusammen mit Georg Mayer, der sich auch von seiner Ehefrau Elena Mayer scheiden lassen wollte, einen Umzug nach Kaukasus beabsichtigt hatten.

Es ist ihnen damals nicht gelungen, weil eines Tages Elena Mayer unerwartet für alle verschwunden ist. Georg sagte: »Sie ist zu Besuch zu ihrem einzigen Bruder Edmund Strecker nach Novosibirsk gefahren und kehrte nach Hause nicht mehr zurück. Ich dachte, sie blieb bei Edmund für immer. Und sie ist nicht dort. Edmund suchte sie auch.
Die Staatsanwaltschaft ermittelte wegen ihr Verschwinden und danach stellte sie die Akten aus Mangel an Beweisen von irgendwelchem Tatbestand ein.«

Plötzlich empfand Mira Abscheu gegen sich selbst, dass sie die letzten 4. Jahre unter Habgier lebte; ihren Ehemann betrog; zu wenig Zeit für ihre Kinder nahm; und schenkte ihnen zu wenig Zärtlichkeit und Aufmerksamkeit bei der Ausbildung usw..
Darüber erzählte Mira niemandem etwas und sank in den Schlaf.

Morgens forderte Alexander sie zur Durchsuchung der Wohnung auf. Zur Durchsuchung kamen noch Inspektor Thomas Ring, zwei Kriminalisten – Otto Meer und Boris Siebert sowie zwei Begleitpolizisten.

Pflichtgemäß mussten die Begleitpolizisten Flucht von Mira vorbeugen und bewachen, dass sie mit niemandem von Familienmitgliedern, Verwandten und Bekannten eine Fühlung aufnehmen kann.

Die Durchsuchung dauerte etwa 6. Stunden. Dabei wurden alle Gegenstände bzw. Sachen, Bücher, Blocke, Hefte, Nahrungsmittel im Kühlschrank, in der Wohnung, im Keller, in der Garage, auf dem Dach, auf dem Balkon durchgesehen bzw. durchgeblättert.

Die Kriminalisten wandten Metallsucher und andere Instrumente bzw. Werkzeuge an.

Bei der Durchsuchung ist auf dem Balkon in einem Behälter mit Mehl eine Tüte aus Folie gefunden, in der mehrere dutzende Tausende Rubel lagen.

Kriminalisten fanden auch in der Wand des Wohnzimmers den Beutel mit Geld von mehreren dutzenden Tausenden Rubel.
Der Gang der Durchsuchung und ihre Ergebnisse wurden zu Protokoll genommen.

Jetzt hat sich Alexander entschieden, nach einer kurzen Pause von einer Stunde das Verhör von Mira fortzusetzen, damit sie sich nicht zur falschen Aussagen vorbereiten kann.

Am Anfang des Verhörs erklärte Alexander ihr, dass das offene Eingeständnis in Verübung eines Verbrechens und der freiwillige Schadensersatz zu den mildernden Umständen der strafrechtlichen Verantwortung gehören.

Mira hörte ihm aufmerksam zu und bald darauf sagte sie: »Ich möchte mein Schuldbekenntnis ablegen. Kann ich jetzt Aussage machen?«
Alexander nickte ihr zu. Mira fing an zu erzählen und er hat sie nicht einmal unterbrochen. Ihre Aussage wurde zu Protokoll genommen.
Danach stellte Alexander immer wieder Fragen und Mira beantwortete sie.

Sie sagte aus: »Als Leiterin des Warenlagers des Restaurant und der Speisehalle der Stadt Maibach arbeitete ich 5. Jahre, nämlich seit 1976. Das erste Jahr hatte ich alle Eingangswaren bei ihren Lieferungen und alle Absatzwaren bei ihren Veräußerungen sehr pünktlich gemäß den Liefererscheinen und den Rechnungen verbucht.

Im 1977. lernte ich sehr gut Chefkoch Georg Mayer kennen, dem ich für die Küche jeden Tag alle Nahrungsmittel, einschließlich Schweinefleisch, Rindfleisch, Schaffleisch, Makkaroni aller Sorten, Kartoffel usw. ausgeliefert und fakturiert hatte.
Für jede ausgelieferte an Chefkochen Waren schrieb ich einen Liefererschein bzw. eine Rechnung.
Ich lieferte aus und fakturierte an drei Chefkochen des Restaurant und der Speisehalle alle Nahrungsmittel, die sie nach ihrem Menü gebraucht hatten.
Seit 1977. waren wir mit Georg Mayer eng befreundet und nach einem Geschlechtsverkehr mit ihm in meinem Büro sind wir nach und nach Geliebte geworden.

Er hatte gute Erfahrung und schlug mir vor, Geld für uns zu machen.

Er sagte, dass ich gutes Rind- , Schweine- und Schaffleisch aus dem Warenlager an die Leute von Maibach verkaufen kann. Und das Erlösgeld können wir beide untereinander teilen und an sich nehmen.«

Mira weiterhin: »Ich hatte damals davon keine Ahnung gehabt und fragte ihn wie ich nachher das Manko an Fleisch decken soll?«

Georg sagte: »Mira, das ist doch einfach. Du hast Rind- , Schweine- und Schaffleisch von verschieden Sorten. Jede Sorte von Fleisch hat eigenen Preis und zwar mit Preisen 0,80 Rubel je 1 kg, 1,20 Rubel je 1 kg, 1,70 Rubel je 1 kg, 3,40 Rubel je 1 kg und 4,20 Rubel je 1 kg.«

Und fragte mich: »Wie viel Kilogramm Fleisch ungefähr wird bei dir jeden Monat eingeliefert und ausgeliefert?«

Mira antwortete: »Jeden Monat kaufe ich etwa bis 1500 kg Fleisch mit dem Preis von 3,40 Rubel bis 4,20 Rubel je 1. kg von privaten Haushalten ein.

Das Fleisch ist von guter Qualität und gehört zur höheren Sorte.

Außerdem wird mir monatlich von Sowchosen und Kolchosen bis 2000 kg von niedrigen Sorten mit Preisen von 0,80 Rubel bis zu 1,70 Rubel geliefert.«

Georg: »Jetzt höre mir gut zu. Ich werde dir es sehr deutlich machen, wie wir das machen können.

Du verkaufst z. B. innerhalb eines Monats 1000 kg Rindfleisch, das einen Preis von 3,40 Rubel und 4,20 Rubel je 1. kg hat, für 5. Rubel oder für 6. Rubel je 1. kg den Einwohnern von Maibach, und mir in die Küche lieferst du 1000 kg Rindfleisch aus, das einen Preis von z. B. 1,20 Rubel je 1. kg hat. Aber dabei erstellst du eine Faktur bzw. einen Lieferschein für 1000 kg mit Preisen von 3,40 Rubel je 1. kg. oder von 4,20 Rubel je 1. kg.

Auf solche Weise wirst du das Manko an Rindfleisch von den Sorten, die die Preise von 3,40 Rubel und 4,20 Rubel je 1. kg haben, decken.
Und mach das ständig so, dass du zum Ende jedes Monats einen Rest von einer Menge Fleisch von verschiedenen Sorten hast, das auf den anderen Monat übergehen wird.

So wird die Buchhalterin bei der Abgabe der Rechenschaft nicht merken, dass du mit dem Fleisch irgendwelche Machinationen treibst. Mit ein paar Beispielen brachte er es mir bei.
Er fuhr fort:
»Es sollte dann bei dir in der Rechenschaft beispielsweise so aussehen:
Vom vorigen Monat:
250 kg * 0,80 Rubel = 200,00 Rubel
320 kg * 1,20 Rubel =384,00 Rubel
300 kg * 4,20 Rubel = 1260,00 Rubel
Insgesamt vom vorigen Monat:1844,00 Rubel

Eingekauft im laufenden Monat - Fleisch:
500 kg * 0,80 Rubel = 400,00 Rubel
600 kg * 1,20 Rubel = 720,00 Rubel

350 kg * 1,70 Rubel = 595,00 Rubel

250 kg * 3,40 Rubel = 850,00 Rubel

1200 kg * 4,20 Rubel = 2940,00 Rubel

Insgesamt vom laufenden Monat für 5505,00 Rubel

Ausgeliefert im laufenden Monat – Fleisch:

315 kg * 0,8 Rubel = 252,00 Rubel

220 kg * 1,70 Rubel = 374,00 Rubel

200 kg * 3,40 Rubel = 680,00 Rubel

1000 kg * 4,20 Rubel = 4200,00 Rubel. Diese Menge wurde verkauft. In der Tat wird es billiges Fleisch sein.

Insgesamt für 5506,00 Rubel

Rest auf nächsten Monat:

275 kg * 0,80 = 220,00

350 kg * 1,70 = 595,00

245 kg * 4,20 = 1029,00

Insgesamt waren auf nächsten Monat für 1844,00 Rubel übertragen.

An mich lieferst du 400 kg Fleisch mit dem Preis von 0,80 Rubel je 1. kg und 600 kg Fleisch mit dem Preis von 1,20 Rubel je 1. kg aus. Das sollen insgesamt 1000 kg Fleisch sein, das du an die Einwohner verkauft hast. Aber dieses Fleisch fakturierst du mit dem Preis von 4,20 Rubel je 1. kg.

Auf solche Weise wirst du, wie gesagt, das Manko vom teuren Fleisch decken. Und den Rest von 1900 kg lieferst du an die anderen Chefkochen aus und erstellst dabei die richtigen Liefererscheine bzw. Fakturen.«

Mira: »Und wenn wir von jemandem überführt werden, dann wird uns Gefängnis drohen?«

»Mira, du bist aber simpel. In der Küche werden aus dem Fleisch verschiedene Gerichte gekocht, gebraten. Besucher essen das Fleisch auf und niemand wird beweisen können, dass die Gerichte aus billigen Sorten von Fleisch vorbereitet worden waren«, sagte er ihr.

Und er fuhr fort: »Du kannst auf solche Weise jede Ware an die Leute von Maibach verkaufen und dann an mich statt teure Sorten der Waren mit hohen Preisen die Waren von niedrigen Sorten mit billigen Preisen ausliefern, aber die Menge der Waren solltest du mit höheren Preisen an mich fakturieren. Wie gesagt, das wird alles von Besuchern aufgegessen.«

Mira: »Und wenn unser Direktor – Herr Thomas Link oder unsere Buchhalterin Frau Olga Busch etwas merken?«

Georg: »Habe keine Angst. Wie mir bekannt ist, holen die beiden manchmal von dir aus dem Warenlager für ihre Familien etwas von Obst, Champagner, Kognak, Schokoladenbonbons und viele andere Waren und einschließlich Fleisch und dabei ohne Geld zu bezahlen, weil sie auch nicht so viel verdienen.

Borge ihnen die Waren aus und schreibe dir es alles auf, damit du die Rechenschaften richtig erstellen kannst, weil du das Manko auch aus dem Geld, das du für verkauften Waren kriegst, decken musst.
Nach einiger Zeit werden sie bis über die Ohren in Schulden stecken und werden von dir abhängig sein.

Du wirst sie in der Hand halten. Sogar, wenn die beiden etwas davon merken, werden sie darauf ein Auge zudrücken.«

Mira: »So habe ich auch alles gemacht. Mit der Zeit habe ich gute Erfahrungen gemacht.«

Alexander: »Frau Kayt, was ist das für Geld, dass wir heute bei der Durchsuchung ihres Hauses gefunden und beschlagnahmt haben?«

»Ich war mit Georg Mayer einverstanden und so haben wir danach die Geschäfte und Geld gemacht. Das Geld, das Sie heute bei mir Zuhause während der Durchsuchung gefunden und beschlagnahmt haben, gehört dem Restaurant und der Speishalle«, antwortete Mira.

»Wie viel Geld hat von jedem Geschäft und insgesamt für die ganze Zeit Georg Mayer von ihnen gekriegt?«, fragte Alexander.

Mira: »Das Geld erwarb ich durch Verkauf der Waren aus dem Warenlager, wie Fleisch und andere, die dem Restaurant und der Speisehalle gehört hatten. Die Menge der verkauften Waren und ihre Summe, die ich durch die Auslieferung und die Erstellung der Fakturen an Georg Mayer gedeckt habe, haben wir beiden zu gleichen Teilen an uns genommen.«

Alexander beendete das Verhör von Mira Kayt und sie wurde in die Zelle abgeführt.

III

Alexander überlegte sich nun Georg Mayer zu verhören und von daher dachte er an die Aussagen von Mira Kayt, an die vorhandenen Beweisstücke von der dokumentarischen Revision der Rechenschaften von Mira Kayt, ob er mit den Beweisen Georg Mayer entlarven kann.

Alexander: »Bevor ich Georg Mayer zum Verhör einladen werde, muss ich mir morgen Zeit für die Durchsicht seiner Rechenschaften für die letzte 6. Monaten nehmen. Dabei muss man zunächst auf das Fleisch, das er von Mira Kayt bekommen hatte, achten, und zwar auf die Menge, die Sorte und die Preise je 1. kg blicken.«

Am nächsten Tag ging Alexander zu Revisoren, bei denen sich auch alle Rechenschaften von Chefkochen und einschließlich von Georg Mayer befanden. Er guckte die Rechenschaften von Georg Mayer für die letzten 6. Monaten durch. Dabei warf er seinen Blick auf die Menge, Sorte und Preise von Fleisch, das er durch die Auslieferung von Mira Kayt bekommen hatte.

Beim Dreinschauen in die Rechenschaften von Georg Mayer merkte Alexander, dass Georg Mayer am meisten von Mira Kayt für die Küche Fleisch von höheren Sorten mit Preisen von 4,20 Rubel je 1. kg bekommen hatte.

Worauf er seinen Blick noch warf, waren die summarischen Saldo für jeden Monat. Auf den ersten Blick war bei Georg Mayer alles in Ordnung.

Aber bei Alexander erregte sich Verdacht, dass nicht so alles in Ordnung war, als es auf den ersten Blick schien, weil für jeden Monat das summarische Saldo einen kleinen Überschuss hatte.

Alexander wusste noch vom Studium, dass die summarischen Überschüsse, sogar geringe, die sich aus dem Vergleich zwischen den gesamten Einnahmen und den gesamten Ausgaben der Waren ergeben, eine Folge der Fälschung bei der Erstellung der Rechenschaften sein können, in dem in der Tat das Manko irgendwelcher Waren versteckt werden kann.

Beim Durchblicken der beigefügten an die Rechenschaften von Georg Mayer Lieferscheinen und der Ausgabefakturen bzw. der Rechnungen erstellte Alexander Fragen, die er Georg Mayer beim Verhör stellen werden sollte.

Als Alexander sein Frage-Entwurf erstellt hat, war er bereit, Georg Mayer zu verhören.
Er entschied sich unerwartet für Georg Mayer ihn von Zuhause abzuholen und sofort ihn zu verhören.

Aber er plante das Verhör von Georg Mayer für den nächsten Tag, d. h. morgen früh anzufangen. Und sollte dabei ein Bedarf an seiner vorläufigen Verhaftung entstehen, dann wird er ihn in Haft nehmen müssen, um besser die Ermittlungen durchzuführen.
Um neun Uhr morgens fing Alexander mit dem Verhör von Georg Mayer an.
Alexander: »Herr Mayer, wo arbeiten Sie?«

Mayer: «Ich arbeite als Chefkoch bim Restaurant und bei der Speisehalle von der Stadt Maibach.«

Alexander: »Aus welchem Warenlager bekommen Sie die Nahrungsmittel für das Restaurant und für die Speisehalle?«

Mayer: »Die Nahrungsmitteln werden in die Küche des Restaurant und der Speisehalle von Leiterin des Warenlagers Mira Kayt ausgeliefert. Von ihr bekomme ich alle Waren für die Küche: Rind- , Schweine- und Schaffleisch von aller Sorten, Makkaroni aller Sorten und alle andere Nahrungsmittel, die für die Vorbereitungen der Gerichte nötig sind.«

Alexander: »Herr Mayer, ich guckte ihre Rechenschaften für die letzten 6. Monaten durch und dabei merkte ich, dass Mira Kayt ihnen am meisten Fleisch von höheren Sorten und mit Preisen von 4,20 Rubel je 1 kg ausgeliefert hatte. Was können Sie darüber sagen?«

Mayer: »Ich glaube, dass Mira Kayt mir gleiche Nahrungsmittel, einschließlich von Fleisch aller Sorten, wie den anderen Chefkochen ausgeliefert hatte.«

Alexander: »Herr Mayer, unter den durchgeguckten von mir Rechenschaften für 6. Monaten offenbaren sich die Überschüsse der Waren, nämlich bei ihnen sind die gesamten Ausgaben der Waren höher als die gesamten Einnahmen.
Was können Sie darüber sagen?«

Mayer: »Vielleicht habe ich aus Versehen irgendwelche Fehler bei der Erstellung der Rechenschaften gemacht. Aber dafür haben wir Buchhalterin, die die Richtigkeit der Rechenschaften überprüfen sollte.

Bei der Abgabe der Rechenschaften hatte die Buchhalterin mir niemals darauf hingewiesen.«

Alexander: »Herr Mayer, in welcher Beziehung befinden Sie sich mit der Leiterin des Warenlagers Mira Kayt?«
Mayer: »Wir kennen uns von der Arbeit. Zwischen uns sind rein dienstliche Beziehungen.«
Georg Mayer legte kein Geständnis ab.

Alexander entschied sich eine Durchsuchung im Hause von Georg Mayer zu machen. Vor der Durchsuchung des Hauses von Georg Mayer fragte Alexander ihn, ob im Hause, auf dem Hof, in der Garage, auf dem Dach seines Hauses Geld versteckt worden ist.

Mayer: » Nein, bei mir Zuhause und überall, wo sie fragen, ist kein Geld. Und ich verstehe überhaupt nicht, um welches Geld es sich handelt?«

Zur Durchsuchung nahm er auch seinen Inspektor – Thomas Ring, zwei Kriminalisten – Otto Meer und Boris Siebert sowie zwei Begleitpolizisten mit. Die letzten mussten die Flucht von Georg Mayer vorbeugen und bewachen, dass er mit niemandem von Familienmitgliedern, Verwandten und Bekannten eine Fühlung aufnehmen kann.

Die Durchsuchung dauerte 5. Stunden. Dabei wurden alle Gegenstände, Sachen, Bücher, Blocke, Hefte, Nahrungsmittel im Kühlschrank, im Hause, im Keller, in der Garage, auf dem Dach und auf dem Balkon durchgeguckt.

47

Während der Durchsuchung wandten die Kriminalisten Metallsucher und andere Instrumente bzw. Werkzeuge an. Dabei stießen sie im Keller, der innen im Hause unter dem Boden in der Küche war, auf ein metallisches Kästchen, das in der Erde eingegraben worden war, in dem mehrere dutzende Tausende Rubel mit einer Liste lagen.

Sofort erkannte Georg das Geld, das er vor einem Jahr draußen auf dem Hof nicht so weit vom Hund vergraben hatte. Aber er wusste nicht, wie das Geld in einem metallischen Kästchen in den Keller gekommen ist.

Außerdem fanden sie unter dem Schrank im Schlafzimmer in einer Plastikschachtel auch mehrere dutzende Tausende Rubel versteckt.

Mayer überlegte: »Wer hat das Geld hier im Keller vergraben? Falls das Geld von Elena vergraben worden war, wie hatte sie das Geld gefunden?«

Da das ein medizinisches metallisches Kästchen gewesen war und im Kästchen eine erstellte Liste von Geldscheinen, die nach der Schrift von seiner Frau – Elena aussah, kam Georg darauf, dass das Geld von Elena im Keller vergraben wurde.
Aber von seiner Vermutung sagte er gar nichts Alexander.

Der Gang der Durchsuchung und ihre Ergebnisse wurden zu Protokoll genommen.

Alexander glaubte, er habe viele Beweisstücke gegen Georg Mayer und entschied sich, das Verhör von Georg Mayer morgen früh fortzusetzten.

Georg Mayer wurde vorläufig verhaftet und in die Zelle abgeführt. In der Zelle befanden sich 5. Inhaftierte, die von anderen Orten stammten und sich hier in der Zelle kennengelernt hatten.

Allmählich kamen Georg Mayer und der Inhaftierte mit Vorname - Michael näher. Sie haben ein bisschen über ihre Herkunft und ihre Vergangenheit geredet. Niemand von ihnen redete über ihre Verbrechen; weshalb sie hier im Gefängnis sind.

Für Georg war es ein schwieriger Tag und er konnte nicht einschlafen. Wieder und wieder ging im durch den Kopf, wie Elena das Geld von mehreren dutzenden Tausende Rubel gefunden hatte und was sie mit dem Geld vorgehabt hatte.

Morgens um 9 Uhr forderte Alexander ihn zum Verhör auf.
Alexander: »Herr Mayer, bevor ich Sie verhöre, muss ich ihnen erklären, dass offenherziges Geständnis am begangenen Verbrechen und der freiwillige Schadensersatz nach dem Strafgesetz zu mildernden Umständen gehören, die das Gericht bei Verurteilung berücksichtigt.«

Mayer: »Ich verstehe das, aber ich habe kein Verbrechen begangen.«

Alexander: »Was ist das für vergrabenes Geld von mehreren dutzenden Tausende Rubel, das während der Durchsuchung in einem metallischen Kästchen im Keller ihrer Küche gefunden wurde?

Mayer: »Das sind unsere Ersparnisse.«

Alexander: »Warum bewahrten Sie das Geld im Keller eingegraben auf?«

Mayer: »Darum hatte sich meine Ehefrau – Elena Mayer gekümmert.«

Alexander: »Was ist das für Geld von mehreren dutzenden Tausende Rubel, das Sie unter dem Schrank im Schlafzimmer in einer Plastikschachtel versteckt hatten?«

Mayer: »Das sind ebenso unsere Ersparnisse. Und wie gesagt, um die Aufbewahrung kümmerte sich meine Frau – Elena. Wir arbeiteten zu zwei und verdienten genug Geld.«

Alexander: »Herr Mayer, trieben Sie irgendwelche rechtswidrige Geschäfte mit der Leiterin des Warenlagers Mira Kayt?«

Mayer: »Was für rechtswidrige Geschäfte konnte ich mit ihr abschließen. Sie lieferte mir alle Nahrungsmittel in die Küche, welche für die Vorbereitungen der Gerichte notwendig waren, aus, und für die Waren erstellte sie jedes Mal Liefererschein.«

Alexander: »Entsprachen die ausgelieferten Fleischsorten mit ihren Preisen, denen Fleischsorten und Preisen, die auf den Liefererscheinen standen?«

Mayer: »Es gab niemals irgendwelche Unterschiede oder Verwechslung bzw. Missverständnis durch die Auslieferung der Waren und die Erstellung der Liefererscheinen.«

Somit legte Georg Mayer auch bei diesem Verhör kein Geständnis ab.

Jetzt plante Alexander für nächsten Tag ein Kreuzverhör zwischen Mira Kayt und Georg Mayer durchzuführen.

Abends in der Zelle redeten die Inhaftierte miteinander über ihre Verbrechen und vorhandene Beweisstücke, ihre Aussagen, über ihren Familienzustand und Leben.

Bis jetzt wurde Georg Mayer von anderen Inhaftierten in der Zelle respektvoll behandelt. Insbesondere Michael, der wegen Diebstahl verhaftet wurde, versuchte immer wieder mit ihm über die Tatsachen seines Verbrechens zu reden. Georg Mayer war nicht redselig und redete sowieso nicht viel, besonders über die Tatsachen seines Verbrechens.

Vor dem Einschlafen erinnerte sich Georg an Mira Kayt, wie er vor fünf Jahren sie zum ersten Mal gesehen hatte.
Mira, die 170 Zentimeter große, schlanke, attraktive, mit bräunlicher Hautfarbe Frau gefiel Georg auf ersten Blick, aber er ließ sich davon nichts anmerken.

Nun lief ihm durch den Kopf der erste Geschlechtsverkehr mit ihr.
Nach einem Jahr der gemeinsamen Arbeit bei Erstellung des Liefererschein für die ausgelieferten an ihn Waren, berührte sie ihn vermeintlich ungewollt an Genitalien. Sie waren im Büro zu zwei.

Er schloss das Büro zu, drückte sie an die Wand, halste sie um und küsste sie auf ihre leicht dicke Lippen.

Ihre Herzklopfen verraten ihre Begierde zur intimen Beziehung mit ihm. Er stellte sich vor ihr auf die Knie, knöpfte die Knöpfen von ihrem Rock auf und zog zusammen mit dem Rock ihren Slip von ihrem Körper runter. Jäh betrachtete er ihre schöne bräunliche Beine.

Richtete sich auf, öffnete ihr die Bluse und den Büstenhalter und lies sie runterfallen. Er merkte nicht, dass er vor ihr auch schon unbekleidet stand; sie hatte ihn ausgezogen. Er schloss sie um ihre Oberschenkeln in seine Arme und setzte sie auf den Tisch. Sie schaute ihn zärtlich mit ihren großen, runden, kastanienfarbigen Augen an.

Er nahm sie warm an ihre Beine, legte sie über seine Schulter, armte sie am Becken um und die beiden schmiegten sich immer wieder mit voller Kraft aneinander.

Die Feuchtigkeit und die Wärme ihrer Lippen sowie die leichte Steigerung der Temperatur ihres Körpers verstärkten seine Erektion.

Er küsste sie immer wieder auf ihre emporragende Busen und auf die braundunkle Brustwarzen, die so aussahen, als ob sie ihre beiden Kinder nicht gestillt hatte.

Bezaubernd besah er sie und flüsterte ihr ins Ohr: »Du bist hübsch. Deine dunkelblonde Haare sehen so schön aus. Wie süß ist es mit dir zu sein. Du machst mich wahnsinnig.«

Sie drückte ihre Augen zu und er blickte liebevoll auf ihre lange dunkle bräunlichen Wimpern, die im Augenblick ihre Beruhigungs- , Glücks- und Freudegefühle offenbaren.

Ihre intime Beziehung dauerte bis in die Begattung hinein, die mit sich die heiße und warme Welle in ihren Körpern mitgebracht hatte.

Das war sein erster Geschlechtsakt mit ihr. Danach hatten sie oft Liebesakte, aber nicht mehr auf dem Tisch, sondern auf dem Sofa, das sie dafür in einem Zimmer des Warenlagers eingerichtet hatte.

Nach und nach hatte er sich in sie verliebt.

Mira trug Kleider, die sehr taillenbetont geschnitten waren und so zog sie auf sich die Aufmerksamkeit der Männer.

Vor zwei Jahren erwischte er sie beim Sex mit Peter, der zehn Jahre junger als sie ist. Gerade fiel ihm der Fall ein und er denkt darüber nach, dass sie beim gegenseitigen Verhör gegen ihn Aussagen machen kann.

Er konnte lange nicht einschlafen und dachte noch daran, dass sie noch vor einem Jahr zu zwei von Maibach nach Kaukasus wegfahren wollten. Dann ist seine Ehefrau – Elena verschwunden und alles blieb so, wie es gewesen war.

Andere Inhaftierte schliefen schon und allmählich sank er genauso in den Schlaf. Morgens sagte er Michael: »Ich glaube, dass Mira gegen mich aussagen wird.« Michael: »Warum kommst du auf solche Gedanken?«
Mayer: »Gestern abends ist mir etwas eingefallen.«

Michael fragte nicht, was ihm eingefallen ist. So ist es üblich unter den Inhaftierten. Sollte es jemand tun, dann entsteht Verdacht, dass er ein Denunziant ist.

Mayer erzählte Michael, dass während der Durchsuchung bei ihm Zuhause Geld gefunden wurde. Deshalb weiß er nicht, ob er die Tatsachen der Aneignung der Gelder vom verkauften Fleisch gestehen soll.

Michael: »Wenn der Inspektor beweist, dass du zusammen mit deiner Freundin das Geld vom verkauften Fleisch an euch genommen habt, dann bleibt dir nichts übrig, als die Tatsachen zu gestehen.«

Aber Georg Mayer, der schon 12 Jahre als Chefkoch arbeitete und große Erfahrungen gesammelt hatte, hatte es sich anders überlegt.

Erstens, dachte er: »Alexander wird nicht beweisen können, dass ich mich mit Mira Kayt an der Auslieferung in die Küche der niedrigen Sorten vom Fleisch mit billigen Preisen beteiligt hatte, weil laut den Liefererscheinen (Fakturen) in die Küche an mich die besten Sorten vom Fleisch mit höheren Preisen ausgeliefert wurden.«

Zweitens, dachte er nach: »Wenn das nicht zu beweisen ist, dann wird mich niemand an der Aneignung der Gelder beschuldigen können.«

Gegen 9 Uhr forderte Alexander Georg Mayer zum gegenseitigen Verhör mit Mira Kayt auf. Mira Kayt war schon im Dienstzimmer von Alexander als Georg Mayer von Begleitpolizisten eingeführt wurde.

Auf die Frage von Alexander, in welcher Beziehung die beiden sich befinden, antworteten sie:
Mira: »Ich und Georg sind seit Jahren in intimer Beziehung.«
Mayer: »Wovon redest du? Wir stehen nur miteinander auf gutem Fuß. Uns verbindet nur die Arbeit.«

Mira: »Wenn du unsere Liebesbeziehung so schätzt, dann ist es deine Sache.«

Während der Gegenüberstellung legte Mira Kayt wieder volles Geständnis ab.

Mira: »im 1977 sind ich und Georg nach einem Sex in meinem Büro zu engen Vertrauten geworden. Er schlug mir vor, durch den Verkauf des Fleisches Geld anzueignen.

Er sagte: »Sowieso verkaufst du aus dem Warenlager gutes Rind- , Schweine- und Schaffleisch den Leuten. Das Erlösgeld können wir beide untereinander teilen und an uns nehmen.«
Sie fragte ihn: »Wie soll ich nachher das Manko an Fleisch decken?«

Er antwortete: »Du hast Fleisch von verschieden Sorten. Jede Sorte von Fleisch hat eigenen Preis und zwar mit Preisen von 0,80 Rubel, 1,20 Rubel, 1,70 Rubel, 3,40 Rubel und bis 4,20 Rubel je 1 kg.

Du verkaufst beispielsweise innerhalb eines Monats 1000 kg Rindfleisch, das einen Preis von 3,40 Rubel und 4,20 Rubel je 1. kg hat, für 5. Rubel oder für 6. Rubel je 1. kg den Leuten und mir in die Küche lieferst du 1000 kg Rindfleisch aus, das einen Preis von z. B. 1,20 Rubel je 1. kg hat, aber erstellst auf die Menge von Fleisch eine Faktur bzw. einen Lieferschein für 1000 kg mit Preisen von 3,40 Rubel oder 4,20 Rubel je 1. kg.

Auf solche Weise deckst du das Manko an Rindfleisch von den Sorten, die die Preise von 3,40 Rubel und 4,20 Rubel je 1. kg haben.«

»Wie viel Kilogramm Fleisch ungefähr kaufst und verkaufst du jeden Monat?«, fragte er mich.

Ich sagte ihm, dass ich jeden Monat etwa bis 1500 kg Fleisch von guter Qualität mit den Preisen von 3,40 Rubel bis 4,20 Rubel je 1. kg von privaten Haushalten einkaufe, und, dass mir monatlich Fleisch von Sowchosen und Kolchosen durch die Beschaffungsstelle Einkaufszentrum bis 2000 kg von niedrigen Sorten mit Preisen von 0,80 Rubel bis zu 1,70 Rubel geliefert wird.

Darauf antwortete er: »Mach das so, dass bei dir zum Monatsende Rest von einer Menge Fleisch verschiedenen Sorten bleibt, das auf den anderen Monat übergetragen wird. So wird die Buchhalterin bei der Abgabe der Rechenschaft nicht merken, dass du mit dem Fleisch irgendwelche rechtswidrige Rechtsgeschäfte machst.«

Mira: »Wir saßen wahrscheinlich ein paar Stunden im Büro zugeschlossen. Er hatte es mir schriftlich deutlich gemacht, wie ich die Rechenschaften erstellen soll, um das Manko auf Fleisch zu decken.«

Nun bei der Gegenüberstellung zwischen ihr und Georg Mayer musste sie im Prinzip ihre vorigen Aussagen wiederholen.

Mira fuhr fort: »Es sollte bei dir in den monatlichen Rechenschaften ungefähr so aussehen,« sagte er, »vom vorigen Monat:
250 kg * 0,80 Rubel = 200,00 Rubel
320 kg * 1,20 Rubel =384,00 Rubel
300 kg * 4,20 Rubel = 1260,00 Rubel
Insgesamt vom vorigen Monat:1844,00 Rubel
Eingenommen im laufenden Monat - Fleisch:
500 kg * 0,80 Rubel = 400,00 Rubel

600 kg * 1,20 Rubel = 720,00 Rubel

350 kg * 1,70 Rubel = 595,00 Rubel

250 kg * 3,40 Rubel = 850,00 Rubel

1200 kg * 4,20 Rubel = 2940,00 Rubel

Insgesamt vom laufenden Monat für 5505,00 Rubel

Ausgeliefert im laufenden Monat – Fleisch:

315 kg * 0,8 Rubel = 252,00 Rubel

220 kg * 1,70 Rubel = 374,00 Rubel

200 kg * 3,40 Rubel = 680,00 Rubel

1000 kg * 4,20 Rubel = 4200,00 Rubel. Diese Menge wurde den Leuten verkauft und war durch die Auslieferung anderes Fleisches gedeckt worden.

Insgesamt wurde Fleisch für 5506,00 Rubel ausgeliefert.

Rest auf folgenden Monat:

275 kg * 0,80 = 220,00

350 kg * 1,70 = 595,00

245 kg * 4,20 = 1029,00

Insgesamt sind auf den nächsten Monat für 1844,00 Rubel übergetragen.

An mich lieferst du 400 kg Fleisch mit dem Preis von 0,80 Rubel je 1. kg und 600 kg Fleisch mit dem Preis von 1,20 Rubel je 1. kg aus. Das sollen insgesamt 1000 kg Fleisch sein, das du an die Leute verkauft hast. Aber das Fleisch fakturierst du mit einem Preis von 4,20 Rubel je 1. kg.

Auf solche Weise wirst du, wie gesagt, das Manko von dem teuren Fleisch decken. Und den Rest von 1900 kg lieferst du an die anderen Chefkochen aus und erstellst dabei die richtigen Liefererscheine bzw. Fakturen.

57

In der Küche werden aus dem Fleisch verschiedene Gerichte gekocht, gebraten. Du kannst so jede Ware an die Leute verkaufen und dann an mich statt teure Sorten der Waren mit hohen Preisen die Waren von niedrigen Sorten mit billigen Preisen ausliefern, aber die Menge der Waren solltest du mit höheren Preisen an mich fakturieren.

Besucher des Restaurant und der Speisehalle werden das Fleisch und andere Nahrungsmittel aufessen und niemand wird beweisen können, dass die Gerichte aus billigen Sorten von Fleisch und von anderen Nahrungsmitteln gemacht wurden.«

Alexander: »Herr Mayer, sind sie mit der Aussage von Mira Kayt einverstanden?«

Mayer: »Ich verstehe überhaupt nicht, wovon sie redet.«

Somit hat das Kreuzverhör zwischen Mira Kayt und Georg Mayer nichts gegeben. Georg Mayer legte kein Geständnis ab.

Jetzt sitzt Alexander in seinem Dienstzimmer und überlegte sich, was er tun soll, um die Beweise über die Tatsachen des Verbrechens von Georg Mayer zu sammeln, damit er ihn vor Gericht stellen kann.

Nun stellte er sich wieder die Frage, was mit Georgs Mayer Ehefrau – Elena Mayer passiert worden ist, vielleicht lebt sie.

Sein Zweifel vor ihrem Umkommen brachte ihn auf Gedanken die Akten über das Verschwinden von Elena Mayer durchzuarbeiten. Dafür muss er sich in Verbindung mit Staatsanwaltschaft und mit Kriminalamt setzen.

Sowohl Staatsanwaltschaft als auch Kriminalamt erlaubten ihm die Akten über das Verschwinden von Elena Mayer zum Kennenlernen zu bekommen.

In die Zelle kam Mira Kayt von Georg Mayers Verneinungen aufgeregt. Veronika sah sie an und fragte: »Was ist mit dir los? Du bist rot wie eine Tomate.«

Mira: »Ich weiß nicht, was ich tun soll. Georg Mayer verneinte alles, was ich sagte.«

Veronika: »Ich glaube, du musst es selbst wissen, was du machen sollst. Aber wenn das Manko vom Fleisch durch die dokumentarische Revision festgestellt wird, bleibt dir nichts übrig, als das Geständnis abzulegen, weil das Geld sowieso schon gefunden und beschlagnahmt wurde. Der Georg Mayer denkt gerade jetzt, wie er selber hieraus kommen kann.«

Mira: »Ich meine, genauso. Als alles in Ordnung gewesen war, sagte er mir, dass er mich liebt. Und jetzt handelt er ganz anders.«

Veronika: »Hast du mit ihm geschlafen?«

Mira: »Wir waren, man kann so sagen, wie ein Ehepaar.«
Veronika: »Hast du auch mit deinem Direktor geschlafen?«

Mira: »Nein. Der Direktor des Restaurant und der Speisehalle ist ein guter Familienvater. Privat verbindet uns lediglich, dass er von mir irgendwelche Ware ohne für sie zu zahlen, bekommen hatte. Aber beim Verhör werde ich sagen, dass er dafür später bezahlt hatte und ich vergaß die Aufzeichnungen zu streichen. Ebenso ist es mit meiner Buchhalterin.«

In dieser Zeit redete Georg Mayer in seiner Zelle mit dem Inhaftierten Michael.

Mit Empörung erzählte er Michael von Mira Kayts Aussagen.

Mayer: »Begreift sie nicht, dass sie mit ihrer Aussagen alles ganz schlimmer macht?«

Michael: »Man kann die Frau auch verstehen. Sie hat Kinder und verliert die Hoffnung nicht, dass sie durch ihr Geständnis schneller aus dem Gefängnis hinaus kommen wird.«

Mayer: »Ich weiß nicht, was ich jetzt machen soll? Ich hatte doch ihr mehrmals nicht nur gesagt, sonder auch deutlich gemacht, dass sie das Manko vom Fleisch decken muss und gezeigt, wie sie es machen kann; sogar schriftlich gemacht.

Das ist einfach. Verkauft sie z. B. den Leuten 200 kg Fleisch, das bei ihr mit dem Preis von 4,20 Rubel je 1 kg verbucht ist, für 5,00 Rubel je 1 kg.
Dafür wird sie einen Erlös von 1000,00 Rubel haben. Um das Manko vom verkauften Fleisch zu decken liefert sie mir z. B. 200 kg Fleisch, das bei ihr mit dem Preis von 1,20 Rubel verbucht ist, aus. So ist das Manko von dem Fleisch gedeckt.

Aber jetzt entsteht bei ihr 200 kg Manko vom Fleisch, dass bei ihr mit dem Preis von 1,20 Rubel verbucht wurde. Manko von diesem Fleisch muss man auch decken. Wie kann das Manko in dem Fall gedeckt werden?

Man gibt z. B. der Büffetfräulein von dem Kinderheim 300,00 Rubel ab, und fakturiert ihr Fleisch von 200 kg, das einen Preis von 1,20 Rubel je 1 kg hat. Für diese Menge von Fleisch erstellt man einen Liefererschein: 200 * 1,20 Rubel = 240,00 Rubel. Den Rest von 60,00 Rubel kann die Büffetfräulein an sich nehmen.

Wenn sie es so gemacht hätte, dann wären ihr noch vom verkauften Fleisch 700,00 Rubel geblieben. So hätte es ganz gut funktioniert. Wahrscheinlich hatte sie es entweder aus Unwissenheit oder aus Versehen oder aus Gier nicht gemacht. Nun werden die Revisoren das Manko vom billigen Fleisch feststellen.«

Michael: »Wie meinst du, hätte die Büffetfräulein das niemandem erzählt? Warum sollte sie sowas tun? Sie unterschreibt die Faktur und kriegt das Geld, von dem sie einen Teil für eigene Zwecke ausgeben würde. Auf solche Weise wird sie auch in das Verbrechen verwickelt.«

Alexander erlernt Akten über das Verschwinden von Elena Mayer und kommt darauf, dass während der Ermittlung die Angestellte der Rezeption vom Gasthof »Nord« nicht verhört worden sind.

Die Version über ihre Flucht mit jemandem von Georg Mayer wurde gar nicht ermittelt, weil damals niemand gewusst hatte, dass sich ihres Eheleben in einer richtigen Krise befunden hatte.

Er nimmt die Ermittlung jetzt selber auf. Dafür plant er zum Gasthof »Nord« fahren und dort an Ort und Stelle die Ermittlung durchführen, indem:

1) Zusätzlich Georg Mayer verhören, um festzustellen unter welcher Umständen sie sich im Hotel mit seiner Frau – Elena getrennt hatten.

2) Ob Elena Mayer sich im Hotel mit jemandem von ihren Bekannten getroffen hatte.

3) Im Hotel sollte festgestellt werden, wer von Angestellten der Rezeption im Dienst gewesen war und sie sollten verhört werden.

Zugleich traf er sich mit Revisoren und sprach über den Gang der dokumentarischen Revision.

Revisoren sagten ihm, dass mehr und mehr Manko von den niedrigen Sorten Fleisch, die billige Preise je 1 kg haben, herauskommt.

Vor der Abfahrt sagte er: »Ich brauche die Akte der dokumentarischen Revision so schnell wie möglich. Wenn es noch zu viel Arbeit ist und bis zum Ende der Revision lange dauern wird, dann erstellen Sie einen Zwischenakt, nämlich mit dem Zwischenergebnis für 3 Jahre.«

Ein paar Tage später fuhr Alexander zum Hotel »Nord« am Stausee. Er stellte fest, dass am Tag als Georg Mayer und seine Frau – Elena Mayer zum Übernachten im Hotel gewesen waren, hatte Dienst bei der Rezeption Frau Irma Schnell gehabt.

Die verhörte von Alexander Frau Schnell sah das Tagebuch von der Rezeption, in dem die Besucher des Hotels eingetragen wurden, durch und fand die Anmeldung im Hotel zum Übernachten vom 7. Juli 1980.

Zum Übernachten waren wirklich angemeldet Georg und Elena Mayer. Die beiden hatten getrennte Zimmer gehabt. Bei ihm entstand jetzt die Frage: »Warum haben die beiden getrennte Zimmer genommen?«

Ein Jahr darauf hatte sich Frau Schnell nicht mehr daran erinnert, dass an dem Tag schon alle Doppelzimmer besetzt waren. Deshalb konnte sie die Frage von Alexander nicht beantworten.

Ohne zu überlegen, rief Alexander seinen untergeordneten Inspektor – Thomas Ring an und beauftragte ihn dringlich Georg Mayer zu verhören und klar zu machen, warum die beiden beim Übernachten im Hotel »Nord« am 7. Juli 1980 getrennte Zimmer eingemietet hatten.

Bald darauf rief Thomas Ring zurück und sagte: »Georg Mayer behauptet, dass alle Doppelzimmer schon besetzt waren und deshalb blieb ihnen nichts übrig, als getrennte Zimmer einzumieten.

Nach dem Abendessen im Bar sind jeder ins eigene Zimmer gegangen. Danach ist Elena zu ihm ins Zimmer gekommen.
Und gegen 22 : 30 Uhr zog sie sich in ihr Zimmer zurück. Danach sahen sie sich nicht mehr.«

Inzwischen stellte Alexander beim Durchsehen des Tagebuches von der Rezeption fest, dass am 7. Juli 1980 blieb zum Übernachten im Hotel ein gewisser Herr Artur Engelhard. Nach den Eintragungen im Tagesbuch sollten die beiden das Hotel morgens in einer Zeit verlassen haben.
Laut der Eintragung wurde Artur Engelhard in Maibach im 1944 geboren. Zurzeit lebt er in Litauen, Stadt Radviliskis. Seine Adresse wurde nicht aufgeschrieben.

Alexander: »Jetzt muss man feststellen, wer Artur Engelhard ist?«
Beim Standesamt von Maibach bekam er eine Information über Artur Engelhard und seine Eltern.
In der Tat waren seine Eltern von Nationalität Deutsche.

Beim Rathaus von Maibach bekam er weitere Information über die Familie von Engelhard. Die Eltern von Artur Engelhard waren von Nationalität Deutsche und von daher wurden sie im 1941 aus Wolga nach Kasachstan vertrieben.
Sie hatten noch drei Kinder. Im Dezember 1963 wurde die ganze Familie wegen Umzug abgemeldet.

Alexander beauftragte Kriminalamt die Wiederholung der Suche nach Elena Mayer aufzunehmen.

Nach 5. Monaten bekam er vom Kriminalamt eine Mitteilung, dass Elena Mayer gemeinsam mit Artur Engelhard im August 1981 als Touristen nach Italien und danach nach Deutschland ausgereist sind, wo ihr Aufenthaltsort zurzeit ist.

Sie wohnen in Deutschland bei Düsseldorf, wo sein Onkel Ludwig Engelhard wohnt.

Im 1988 während Perestroika und Glasnost in der ehemaligen Sowjetunion nahm Elena Mayer Kontakt mit ihrer Tochter Elisabeth auf und lud sie nach Deutschland ein.

Die Untersuchung der Tatsachen von Mira Kayt und Georg Mayer über die Aneignungen der Gelder des Restaurant und der Speisehalle der Stadt Maibach dauerte 7 Monaten.

Aufgrund der zusätzlichen Beweise legte Georg Mayer völliges Geständnis ab, dass er viele Jahre zusammen mit Mira Kayt die Aneignungen der Gelder verübt hatten.

Die Schuld von Mira Kayt und Georg Mayer wurde durch die Durchführung der dokumentarischen Revision ihrer buchhalterischen Rechenschaften, der Durchführung der buchhalterischen Expertise und vielen anderen Beweisstücken bewiesen.

Die beiden wurden wegen Aneignung der Gelder in besonders größer Ausmaß vor Gericht gestellt und zur Freiheitsstrafe verurteilt.

Direktor des Restaurant und der Speisehalle – Thomas Link und die Buchhalterin – Olga Busch wurden wegen der fahrlässigen Pflichtverletzungen zu Geldstrafe verurteilt.

Zweites Buch

Aneignungen der Gelder bei der
staatlichen Versicherung

I

1982 Jahr. Eines Tages rief eine Frau an, stellte sich nicht vor, und sagte: »Alexander, wahrscheinlich erinnerst du dich nicht mehr an meine Stimme. Vor einem Jahr teilte ich dir über Diebstahl beim Restaurant und bei der Speisehalle von Maibach mit.

Jetzt glaube ich, dass ich für dich wieder Arbeit gefunden habe. Ich kann nicht gleichgültig zusehen, wenn manche Leute Tag und Nacht dauernd arbeiten und in Armut leben und einige auf die Kosten der anderen leben.

Die Familie von Hauptbuchhalterin Frau Klara Felix kaufte in den letzten Jahren das zweite Auto und viele andere teure Sachen. Ihr Ehemann – Albert Felix, arbeitet als Bauleiter und verdient auch nicht viel Geld.
Ich hoffe, dass sie den Fall ins Visier nehmen werden?«

Mehr hatte sie auch nicht gesagt. Alexander erinnerte sich nun an den Fall vom Restaurant und von der Speisehalle, dass damals eben die Frau dreimal angerufen und über Tatsachen vom Restaurant und von der Speisehalle informiert hatte.

Er gab ihr für die Information sogar als Belohnung Geld im Umschlag am ausbedingten Ort, sodass die beiden sich überhaupt nicht getroffen hatten, weil sie es nicht wollte. Aber ihre Information half ihm ein Ende dem Verbrechen beim Restaurant und bei der Speisehalle zu machen.

66

Was jetzt?

Eins weiß Alexander Bescheid, um einer Sache auf den Grund zu gehen, muss eine richtige Ermittlung durchgeführt werden und dafür muss man zuerst Versionen aufwerfen und einen Plan erstellen.

Er überlegte sich: »Beim Planen muss folgendes in Betracht genommen werden: Wenn Hauptbuchhalterin Klara Felix durch die Versicherungen Geld aneignet, dann muss sie Mittäter haben.

Wer von den Mitarbeitern kann der Mittäter sein?

Wird das Geld, das als Ersatz des Schadens bei fiktiven Verträgen ausgezahlt wird, gemeinsam mit Direktor Herr Claus Richter angeeignet?

Ob sich Kaufmänner bzw. Kauffrauen oder die untergestellten Buchhaltere zur Verübung eines gemeinsamen Verbrechens mehr eignen?

Es kommt darauf an, welche Aufgaben Kaufleute und welche die Buchhaltere ausüben müssen.

Allein kann sie nicht mit Kunden Verträge über Versicherungen abschließen, weil der Abschluss der Verträge zur Arbeit von Kaufleuten der staatlichen Sozialversicherung des Kreises gehört.

Von daher muss sie jemanden von Kaufleuten als Mittäter haben, die die erdichteten Verträge abschließen.

Das können einer oder mehrere von Kaufleuten sein. Mit mehreren Kaufleuten Verbrechen zu verüben, ist zu gefährlich, d. h. eher ist eine Person als Mittäter beteiligt.

Als Hauptbuchhalterin muss Frau Felix die Arbeit der Buchhalter organisieren und kontrollieren, damit die letzten die Buchführung richtig machen.

Und die untergestellten Buchhalter müssen von den Kaufleuten die neu abgeschlossene Versicherungsverträge annehmen. Danach jedem Kunde ein Konto einrichten und monatliche oder vierteljährliche Beiträge richtig auf Konto verbuchen.

Wie man sieht, kann die Hauptbuchhalterin Frau Felix selber die Arbeit von Buchhaltern ausüben.«
Daraus zieht Alexander eine Schlussfolgerung, dass er den Mittäter von Frau Felix unter Kaufleuten suchen soll.

II

Alexander beauftragte seinen untergestellten Inspektor – Thomas Ring nach Möglichkeit einen Informanten oder eine Informantin aus der staatlichen Versicherung des Kreises anzuwerben.

Einen Monat nachher bekam Thomas Ring von seinem Informanten eine Mitteilung, dass bei der staatlichen Versicherung 11 Personen beschäftigt sind: Direktor – Claus Richter, Hauptbuchhalterin – Klara Felix, die auch als Nebenjob die Tätigkeit von Kassiererin verrichtet, 1 untergestellte Buchhalterin, 6 Kauffrauen und 2 Kaufmänner.

Die Aufgabe der Buchhalter ist die Entgegennahme von den Kaufleuten der wöchentlichen Rechenschaften, an die die Versicherungsverträge beigefügt werden und die Buchhaltung zu führen.

Für jeden Versicherten öffnen die Buchhalter ein Konto und sind verpflichtet, die Beiträge zu verbuchen.

Als Gegenstände der Versicherungsverträge können das Leben und Gesundheit der versicherten Personen sowie das Vermögen der privaten Haushalte und zwar private Häuser, Wohnungen, Autos und andere private Wertsachen sein.

Als Gegenstände der Versicherungsverträge waren auch Vermögen der juristischen Personen, nämlich das Vermögen aller Unternehmen, einschließlich der Sowchose und der Kolchose.
Alle Geldeinnahmen und Geldausgaben, einschließlich mit Kunden werden per Überweisungen an die Sparkasse der Stadt Maibach gemacht.

Es wird auch praktiziert, dass den Kunden der entstandener Schaden durch die Einlösung eines Inhaberscheckes beglichen wurde. Dafür war die Hauptbuchhalterin – Frau Klara Felix zuständig.

Die Aufgabe der Kaufleute waren Kunde anzuwerben und mit ihnen Verträge über Versicherungen abzuschließen. Die Verträge gaben sie danach an die Buchhalter ab.

Am Freitag jeder Woche erstellten Kauffrauen und Kaufmänner ihre Rechenschaften, die an die Buchhaltung abgegeben wurden.

69

Die Kaufleute bekamen kein Bargeld für die Arbeit mit Kunden.

Frau Felix befindet sich in guter Beziehung mit der Kauffrau Michel Rosberg. Die beiden arbeiten bei der staatlichen Sozialversicherung schon fast 20 Jahren.

Sie sind auch mit Familien befreundet. Manchmal verbringen sie zusammen Zeit am Wochenende und feiern gemeinsam verschiedene Feste.

Ihre Männer sind gute Kumpeln. Kurt Rosberg, der Ehemann von Michel, und Felix Albert, haben gemeinsame Hobby – Angeln. Kurt hat ein Jeep und sie fahren oft am Wochenende gemeinsam zum Angeln.

Kurt Rosberg arbeitet als Rechtsanwalt und verteidigt seine Mandanten sowohl im Gericht bei Zivil- und Strafprozess als auch außer Gericht.

Kurt und Michel Rosberg haben zwei Töchter. Albert und Klara Felix haben zwei Söhne und eine Tochter. Alle Kinder besuchen die Realschule in Maibach und sind auch miteinander befreundet.
Familie von Frau Felix erwarb wirklich in den letzten Jahren 2. Autos und viele teure Schmucksachen.

Michel Rosberg kommt die letzte Zeit zur Arbeit angetrunken. Seit ein paar Jahre hat sie einen guten Freund. Niemand weiß, was die beiden verbindet. Er heißt Florian Winter und ist junger als Michel Rosberg.

Manchmal am Wochenende kommt er zu ihr zu Besuch. Er holt sie am meisten am Freitag nach dem Feierabend ab.

Alexander glaubt jetzt, dass er schon ein richtiges Bild über die Organisierung der Arbeit der Kaufleute und der Buchhaltung von staatlichen Versicherung hat.

Nach ein paar Monaten heimlichen Arbeit entscheidet sich Alexander abrupt die letzen Rechenschaften von allen Kaufleuten, sofort nach ihrer Abgabe an die Buchhaltung beschlagnahmen.

Er überlegte sich: »Wenn ich den Schritt mache, dann müssen wir innerhalb einer kurzen Zeit auch die Rechenschaften seit 1. Januar 1982 beschlagnahmen und das Archiv mit anderen Rechenschaften für 10 Jahre versiegeln.«

Um 9 Uhr ersten Montags von August 1982 beschlagnahmen er und Thomas Ring jäh alle Rechenschaftend der Kaufleute für 1982 und pfänden Rechenschaften aller Kaufleute für die anderen 10 Jahre.

Erste Aufgabe war jetzt alle Verträge über Versicherungsabschlüsse von Kauffrau Michel Rosberg zu überprüfen.

Sie trafen sich mit jedem Kunde, mit dem ein Vertrag über Versicherung von Kauffrau Michel Rosberg abgeschlossen wurde. Die Arbeit dauerte ganzen Monat und sie verhörten alle Versicherten. Aussagen von jedem wurden zu Protokoll genommen.

Alexander und Thomas Ring gelang es zwischen den Verträgen für 1982. von Kauffrau Michel Rosberg 23. erdichtete Verträge herauszufinden.

Name und Vorname sowie die Adresse der Personen, dessen Vermögen versichert wurden, waren echte, aber die Bürger hatten niemals Versicherungsverträge abgeschlossen und wussten überhaupt nicht, dass von ihren Namen Versicherungsverträge abgeschlossen worden waren.

Alexander und Thomas Ring erfuhren, dass Kauffrau Michel Rosberg vor dem Erstellen der Versicherungsverträge auf den Namen der ausgedachten Personen, die in den 23. erdichteten Verträgen standen, selber vom Rathaus die Bescheinigungen über ihre Familienzustände und ihnen gehörendes Vermögen, wie Häuser, Wohnungen, Autos, Haustiere (Rindvieh, Schweine, Pferde, Schaffe usw.), abgeholt hatte.

Alexander plante das Verhör von Frau Michel Rosberg am nächsten Montag morgens um 9 Uhr anzufangen. Er schickte ihr eine Einladung zu diesem Termin zu.
Dabei schließt er nicht aus, sie falls notwendig vorläufig zu verhaften.

III

Am Freitag gegen 18 Uhr kam bei Alexander der Untersuchungsrichter – Leon Schmuck vorbei und schlug ihm vor, auf dem Friedhof den Grab eines ehemaligen Kollegen, der an Krebs verstorben wurde, zu besuchen.

Seine Bitte konnte er nicht ablehnen. Als sie am Grab zu zwei standen, kamen zu ihnen der Rechtsanwalt – Kurt Rosberg und noch zwei Männer.

Kurt Rosberg sagte: »Alexander ich möchte gerne mit Ihnen über die Einladung zum Verhör meiner Frau – Michel Rosberg reden.«

Alexander: »Hier auf dem Friedhof?«

Kurt Rosberg: »Warum nicht? Hier stört doch niemand.«

Alexander: »Mich würde das auch nicht stören, wenn wir darüber in meinem Dienstzimmer reden würden. Sowieso hat die Akte ganz offiziellen Gang. Wenn wir hier über die Akten ihrer Frau reden werden, dann wird mein Inspektor – Thomas Ring das falsch verstehen und denken, dass ich hinter seinem Rücken irgendwelche Koppelgeschäfte mit Ihnen treibe.

Deshalb machen Sie Termin bei mir und wir werden in meinem Dienstzimmer darüber reden, wenn Sie es wollen. Sowieso muss ich auch Sie Herr Rosberg verhören.«

Kurt Rosberg: »Aber meine Frau wird schon am Montag verhört sein.«

Alexander: »Ich glaube, dass das Gespräch mit ihnen sowieso nichts verändern wird.«

Kurt Rosberg: »Wir haben 2 Kinder. Deshalb machen wir uns große Sorge um unsere Familie.«

Alexander: »Eins kann ich Ihnen versprechen. Sollte Frau Michel Rosberg während des Verhörs bei der Wahrheit bleiben, dann werde ich ihre überführenden Aussagen in Betracht nehmen. Und jetzt bitte ich Sie das Gespräch zu beenden.«

Sie verabschieden sich und Alexander gemeinsam mit Leon Schmuck fuhren zum Polizeipräsidium. Unterwegs sagte Herr Schmuck: »Alexander, glaube mir, mit dem Treffen habe ich nichts zu tun.«

Alexander: »Das ist doch egal. Er ist Ehemann von Michel Rosberg und deshalb werde ich ihn sowieso irgendwann verhören müssen.«

Beim Polizeipräsidium stieg Alexander aus dem Auto aus.

Alexander dachte jetzt wortlos darüber nach: »Obschon das Gespräch mit Kurt Rosberg unangenehm war, weiß ich jetzt Bescheid, dass das Treffen mit ihm auf dem Friedhof kein Zufall war. Und nun wissen wir, von wem wir verraten werden können.«

IV

Am Montag um 9 Uhr fing Alexander mit dem Verhör von Frau Michel Rosberg an. Vor der Vernehmung wurden ihr sowohl die mildernde Umstände als auch die erschwerende Umstände ihrer strafrechtlichen Verantwortung erklärt.

Sie wurde nach allen Versicherungsverträgen, die sie seit 01. Januar 1982 mit privaten Personen und mit juristischen Personen abgeschlossen hatte, vernommen.

Beim Verhör sagte sie: »Am 01. Mai 1974 hatten wir mit Familie von Klara Felix den »Tag der Arbeit« gefeiert. Wir waren am Ufer des Flusses neben Maibach.

Da brieten wir Schaschlik und tranken zu viert Kognak. Beim Schwimmen im Fluss waren wir zu zwei mit Klara Felix und sie schlug mir vor, Geld zu machen. Wie denn?«, fragte ich sie.«

Sie antwortete mir: »Michel, du bist Kauffrau und schließt mit Kunden Verträge über Versicherungen des privaten Vermögens, wie Häuser, Wohnungen, Autos, Vieh usw. ab.

Mit deinen Rechenschaften gibst du mir die echte Verträge ab. Mit den echten Verträgen kannst du ein paar fiktive Verträge machen und den Rechenschaften beifügen.

In einiger Monaten erstellen wir selbst mit der Beteiligung des Gutachters ein Protokoll bzw. einen Akt über entstandenen Schaden durch z. B. Naturkatastrophe und bekommen einen Schadenersatz.«

Michel Rosberg: »Wenn du glaubst, dass wir das machen können, dann bin ich dabei. Aber wer von Gutachtern soll mit uns mitmachen?

Und mit welchem Geld entrichten wir die Beiträge für die Versicherungen?«

Klara Felix: »Der Chef von Gutachtern Herr Sebastian Blok ist mein guter Bekannter. Er und seine Frau Elvira Blok haben zwei Kinder. Er ist sehr ausgebildeter und ernsthafter Mensch. Ich glaube, mit ihm kann man eine gemeinsame Sprache sprechen.

Solche Leute wie er können die Zunge im Zaum halten. Und Geld braucht doch jeder Mensch für seine Familie. Wo wir das Geld für die Beiträge nehmen, lass das meine Angelegenheit sein.«

Michel Rosberg: »Nach Verlauf von einigen Tagen sagte mir Klara Felix, dass ich ein paar fiktive Versicherungsverträge erstellen soll.

Dabei soll ich jedes Mal in die Verträge irgendwelche echte Namen und Vornamen als Kunde eintragen, die wirkliche Einwohner des Kreises sind.

Die letzten sollen darüber überhaupt nichts wissen. Ich erstellte zwei solche Verträge und die Unterschriften von den ausgedachten Personen fälschte ich selber.

Die Verträge fügte ich meiner Rechenschaft bei und gab sie Frau Klara Felix ab. Vor der Erstellung der Verträge holte ich von der Anmeldeabteilung des Rathaus Bescheinigungen über Familienzustand und Vermögen dieser Familien ab.

3. Monaten später gab Klara Felix mir die Telefonnummer vom Gutachter Herrn Sebastian Blok. Sie bat mich ihn anzurufen und sagen, dass bei zwei privaten Haushalten durch die Naturkatastrophe Schaden entstanden wurden.

Als ich ihn angerufen hatte, war Sebastian Blok schon auf dem Laufenden und sagte mir, dass ich mit den Verträgen und anderen Papieren zu ihm kommen soll. Wir trafen uns bei ihm im Dienstzimmer und nach 2. Stunden wurden die Akten über Schaden in Höhe von mehreren Tausend Rubel erstellt.

Die ganze Zeit waren wir im Dienstzimmer zu zwei. Er war sehr nett zu mir. So hatten wir uns kennengelernt. All diese Papiere gab ich Frau Klara Felix ab.«

Alexander: »Was hatte Frau Klara Felix danach mit den Akten gemacht?«
Michel Rosberg: »Klara Felix sagte, dass sie selbst per Scheck das Geld durch die Sparkasse der Stadt Maibach bekommen wird. Danach werde ich wieder fiktive Verträge erstellen sollen.

Mit dem Geld werden wir die Beiträge von den neuen fiktiven Verträgen entrichten.

So hatten wir im 1974 angefangen. Innerhalb 8 Jahren erstellte ich auf solche Weise hunderte fiktiven Versicherungsverträge und bekam selbst mehrere dutzende Tausende Rubel.«

Klara Felix sagte: »Besser wäre es mehr erdichte Verträge abzuschließen, dann können die Schäden nicht so hoch gemacht werden und die Fälle werden nicht in die Augen den anderen Menschen fallen, weil die Verträge und ihre Schäden als übliche aussehen würden.

Erdichte Verträge mit großen Schäden werden in die Augen fallen und können zum Gegenstand der Nachprüfung sein werden.«

Klara Felix holte das Geld jedes Mal selbst von der Bank ab. Sie sagte, dass sie das Geld nach gleichen Teilen unter uns teilt, und zwar: ihr, mir und Sebastian Blok. Wir drei wussten immer, wie viel Geld jeder von uns bekommen sollte, weil wir zusammen die Akten über Schäden erstellt hatten.«

Alexander: »Frau Rosberg, wo ist das Geld, das Sie von Frau Klara Felix bekommen hatten?«

Frau Rosberg: »Ich habe das Geld einfach für Bedürfnisse unserer Familie ausgegeben. Ich kaufte teure Kleidungen und auch Schmucksachen für mich und meinen Ehemann sowie für unsere Kinder.

Als mein Ehemann Auto im 1978 gekauft hatte, gab ich ihm auch mehrere Tausend Rubel.

Außerdem sind meine Eltern schon alt und sie beziehen geringe Rente. Mein Vater ist sehr krank. Er leidet schon viele Jahre an Krebs. Und ich half finanziell meinen Eltern – Amalija und Otto Käm, weil, wie gesagt, die Rente ihnen nicht reicht.«

Alexander: »Frau Rosberg, als Sie ihrem Ehemann mehrere Tausend Rubel gegeben hatten, hatte er gefragt, woher Sie das Geld hatten?«

Michel Rosberg: »Nein, davon fragte er niemals.«

Alexander: »Frau Rosberg, hatte ihr Ehemann geahnt, dass Sie sich das Geld durch ihre Arbeit widerrechtlich anschaffen?«

Michel Rosberg: »Weiß ich nicht. Wir hatten darüber niemals geredet.«

Alexander: »Frau Rosberg, wer hatte das Geld an Sebastian Blok ausgehändigt?«

Michel Rosberg: »Das Geld hatte fast immer ich an Herrn Sebastian Blok im Umschlag abgegeben. Das geschah am Tag der Erstellung der Akten über Schäden für die nächste erdichtete Versicherungsverträge.

Ich bin jedes Mal zu ihm ins Dienstzimmer gegangen und am meisten war es gegen Feierabend passiert. Ich gab ihm das Geld ab und er bestätigte mit einer Unterschrift auf der Liste von Klara Felix den Erhalt des Geldes.

Danach erstellten wir Akten über Schäden für die geltende erdichtete Versicherungsverträge. So sind wir zueinander näher geworden.«

Alexander: »Frau Rosberg, wussten Sie, dass ihr Ehemann sie mit Gerichtssekretärin – Simone Schön betrogen hatte?«

Michel Rosberg: »Ja, im 1978 hatte mir jemand gesagt, dass er mit ihr mich betrügt. Ich hatte mit ihm darüber geredet. Kurt versprach mir, damit aufzuhören. Ich wusste, dass er nicht aufgehört hatte, mich mit ihr zu betrügen. Und ich hatte es auch vermutet, weil er mit mir kaum geschlafen hatte.

Sebastian Blok war stets sehr freundlich und liebevoll zu mir. Mit seinem Benehmen bezauberte er mich. Im Sommer 1979, einmal beim Erstellen der Akten, hielt ich nicht aus und küsste ihn auf die Lippen. Er sagte, er habe mich auch lieb und erwiderte den Kuss.

Wir waren zu zwei im Zimmer und standen neben dem Schreibtisch. Dann ging er zur Tür, verschloss sie und kam zu mir. Als er mich umarmte und küsste, knöpfte ich sein Hemd auf und berührte seine haarige Brust und seinen Bauch mit meinen Handflächen.

Sebastian öffnete meine Bluse, den Büstenhalter, den Rock und lies alles auf den Boden herunter. Im Nu standen wir beiden nackt und schmiegten uns aneinander.
Er küsste mich zärtlich auf meine Lippen, auf die Brustwarzen, auf den Bauch, fiel auf seine Knie, zog meinen Slip herunter, nahm mich sanft mit Handflächen zwischen Beinen von unten an Oberschenkel und am Becken und legte mich auf den Schreibtisch.

Ich konnte es kaum erwarten, hob meine Beine empor und er legte sie auf seine Schultern. Dann hielt er mich wieder am Becken, schmiegte sich kraftvoll an mich und drückte mich innig immerzu an seinen Körper, als ob ich ihm entschlüpfen könnte. Er flüsterte mir ins Ohr: »Ich liebe dich!«

Ich drückte die Augen zu und hatte im Gefühl sein knochenhartes und warmes Glied in meinem Körper, von dem sich meine Begierde verstärkte und meine instinktiven Stöhnen begehrten Sebastian nicht mehr aufzuhören und weiter so bis zum Höhepunkt zu machen.

Ehrlich gesagt, seither wollte ich nur mit ihm Liebesakte haben, weil er das sehr zärtlich, zu Herzen gehend, mit mir machte. Jedes Mal kam es bei uns zum Orgasmus.

Wir lieben uns. Bis jetzt weiß davon niemand. Ich bitte Sie, diesen Teil meiner Aussage zu Protokoll nicht zu nehmen.«

Thomas Ring: »Frau Rosberg, und in welcher Beziehung sind Sie mit Florian Winter?«

Michel Rosberg: »Obschon er junger ist als ich, sind wir seit ein paar Monaten nur Freunde. Ich habe das Gefühl, dass er von mir mehr wollte. Aber ich machte ihm keine Hoffnung.«

V

Nach dem Verhör von Michel Rosberg beauftragte Alexander seinen Inspektor – Thomas Ring – ihren Ehemann Kurt Rosberg zu verhören.

Thomas Ring: »Herr Kurt Rosberg, was ist Ihnen davon bekannt, dass ihre Ehefrau – Michel Rosberg gemeinsam mit der Hauptbuchhalterin Klara Felix und mit dem Gutachter – Herr Sebastian Blok während der Arbeit bei Staatsversicherung von Kreis »Maibach« sich widerrechtlich dutzende tausende Rubel angeeignet hatten?«

Kurt Rosberg: »Wir sind mit der Familie von Klara und Albert Felix befreundet, aber, dass meine Frau - Michel Rosberg gemeinsam mit der Hauptbuchhalterin Klara Felix und mit dem Gutachter – Sebastian Blok während der Arbeit bei der Staatsversicherung von Kreis »Maibach« sich widerrechtlich dutzende Tausende Rubel angeeignet hatten, wurde mir nichts bekannt.«

Thomas Ring: »Herr Rosberg, hatte ihre Ehefrau – Michel Rosberg im 1978, als Sie damals Auto für die Familie gekauft hatten, ihnen für den Erwerb des Autos mehrere Tausende Rubel gegeben?«

Kurt Rosberg: »Ja, sie gab mir mehrere Tausende Rubel für den Kauf des Autos für die Familie.«

Thomas Ring: »Herr Rosberg, hatten Sie sie gefragt, wo sie das Geld genommen hatte?«
Kurt Rosberg: »Nein, ich fragte sie nicht, woher bei ihr das Geld war. Ich dachte, es ist ihr Ersparnis.«

Thomas Ring: »Herr Rosberg, ist Vater ihrer Ehefrau - Otto Käm an Krebs krank?«

Kurt Rosberg: »Ja, er ist schon seit vielen Jahren sehr krank. Er leidet an Krebs. Meine Frau half finanziell ihren Eltern mit, weil sie geringe Rente beziehen.«

Thomas Ring: »Herr Rosberg, wussten Sie, dass ihre Ehefrau – Michel Rosberg - seit langer Zeit eine Affäre mit dem Gutachter Herrn Sebastian Blok hatte?«
Kurt Rosberg: »Nein, davon wusste ich gar nichts.«

Thomas Ring: »Herr Rosberg, haben Sie eine Affäre mit der Gerichtssekretärin – Simone Schön?«

Kurt Rosberg: »Im Sommer 1977 nach einer auswärtigen Gerichtsverhandlung, die im Leninburg stattgefunden hatte, fragte sie mich: »Kurt, kann ich vielleicht mit dir nach Maibach mitfahren?«

So waren wir zum ersten Mal zu zwei im Auto unterwegs. Es war mehr als 35 Grad warm und wir fuhren zum Fluss. Am Fluss zogen wir uns aus und badeten. Nach dem Schwimmen ging ich auf den Ufer und legte mich in die Sonne.

Ich lag mit dem Rücken zum Boden. Sie kam auch aus dem Wasser raus und setzte sich abrupt auf mich. Für mich war das unerwartet, weil sie mehr als 10 Jahre junger ist als ich. Und ich machte ihr niemals keine Hoffnung dafür.

Sie zog ihren Büstenhalter aus, berührte mit ihren Handflächen meine Brust und küsste mich auf die Lippen, auf die Brust und auf den Bauch.
Ihre weibliche Reize zog mich wie eine Zauberkraft an, sodass ich mich nicht widersetzen konnte.

Ich wusste, dass sie unverheiratet ist. Deshalb erwiderte ich mit Küssen auf die Brust, auf die Brustwarzen und auf die Lippen. Ich zog meine Unterhosen und ihren Slip runter, drehte sie auf den Rücken und legte mich auf sie. Empor hob sie ihre Beine und mit voller zart schmiegten wir uns aneinander. Noch nie davor hatte ich solch einen süßen Geschlechtsverkehr gehabt, wie mit ihr. Seither schliefen wir oft miteinander, wir verstehen uns ganz gut. Bis jetzt ist sie nicht verheiratet.«

VI

Als Klara Felix erfahren hat, dass Michel Rosberg Geständnis ablegte, meldete sie ihre ganze Familie beim Anmeldeamt des Rathaus von Kreis Maibach ab und sie floh vor Ermittlung. Die Familie hatte ihren Wohnsitz gewechselt und auf solche Weise wollte Klara Felix der strafrechtlichen Verantwortung entgehen.

Alexander erklärte die Suche nach Frau Klara Felix und meldete die Suche nach ihr beim Kriminalamt an.
Nach 7. Monaten wird ihr Aufenthaltsort festgestellt. Sie wird verhaftet und dem Verhör unterzogen.

In dieser Zeit musste Alexander das Verhör des Gutachters – Sebastian Blok nach den Akten über Schäden, die zusammen mit Michel Rosberg erstellt wurden, im Zeitraum vom 01. Januar 1982 bis August 1982. durchführen.
Zum Verhör um 9 Uhr Mittwoch ist Sebastian Blok mit seinem Rechtsanwalt – Mario Struck gekommen.

Beim Verhör wurden dem Gutachter – Sebastian Blok zur Besichtigung die gefälschten Akten für die 23. erdichteten Verträge für den oben genannten Zeitraum vorgelegt.
Die Akten wurden vom Sebastian Blok, von Michel Rosberg und von Personen, dessen Vermögen laut den Verträgen versichert wurden, unterschrieben.

Nach dem Anschauen jeder Akte über die Schäden sagte Sebastian Blok folgendes: »Ich liebe Frau Michel Rosberg und hatte mit ihr beinahe jedes Mal beim Treffen geschlafen, deshalb hatte ich die Akten unterschrieben. Ich hatte ihr vertraut. Mein Fehler war daran, dass ich das Vermögen, das in den Akten angegeben wurde, selber niemals angeschaut hatte. Von daher sind auch meine Fehler über die Höhe der Schäden.«

Alexander: »Herr Blok, hatten Sie von Frau Michel Rosberg Geld für die erstellten Akten bekommen?«

Blok: »Nein, ich hatte von Frau Michel Rosberg niemals Geld bekommen. Wofür denn?«

Alexander: »Herr Blok, hatte die Hauptbuchhalterin Frau Klara Felix mit Ihnen über die Fälschung der Akten für die Versicherungsverträge geredet?«

Blok: »Nein, mit Frau Klara Felix hatte ich auch niemals über die Fälschung der Akten geredet.«

Beim Kreuzverhör von Sebastian Blok und Michel Rosberg hatte Sebastian Rosberg alles verneint.
Außerdem hatte ab jetzt auch Frau Michel Rosberg alles verneint, dass sie Geld von Frau Klara Felix für sich und für Sebastian Blok bekommen hatte.

Im Augenblick wurde Alexander klar, dass ohne die Vernehmung von Klara Felix, werden Sebastian Blok und Michel Rosberg das Erhalten der Gelder von Klara Felix verneinen.

84

Alexander plante weiterhin die Rechenschaften von Kauffrau Michel Rosberg für den Zeitraum von 01. Januar 1974 bis 31. Dezember 1981 beschlagnahmen.

Für jedes Jahr die erdichtete Versicherungsverträge herausfinden und die Personen, auf deren Namen die Verträge erstellt worden waren, vernehmen.

Man muss hierbei klären, ob sie das Geld, was in den Akten als Schäden angegeben wurden, bekommen hatten?
Die Suche nach Frau Klara Felix wurde aktiviert.

Dokumentarische Revision für den Zeitraum 01. Januar 1974 bis 31. Dezember 1981 anordnen, indem die Revisoren feststellen sollen, wie viele Gelder durch die Überweisungen an die Sparkasse der Stadt Maibach an Klara Felix per Inhaberschecken ausgezahlt worden waren, ob anderen Mitarbeitern per Inhaberschecken, einschließlich Michel Rosberg Geld ausgezahlt wurde.

An die Bezirkssparkassen eine Anfrage nach Ersparnissen von Klara Felix, Michel Rosberg und ihrer Familie sowie Sebastian Blok und ihrer Familie richten.
3. Wochen später bekam Alexander Mitteilungen von den Sparkassen über Ersparnisse der Familie von Michel Rosberg und der Familie von Sebastian Blok.

In den Mitteilungen von zwei Sparkassen stand, dass Michel Rosberg Einlagen von mehreren Tausend Rubel hat und dabei auch noch, dass die Einlagen im Zeitraum von 1976 bis 1979 gemacht wurden.
In der Mitteilung von einer Sparkasse stand, dass Herr Sebastian Blok Einlagen von mehreren Tausend Rubel hat. Die Einlagen wurden im 1977 bis 1978 gemacht.

Alexander verglich die Einlagen und kam zur Schlussfolgerung, dass die beiden einige ihre Einlagen fast in einer Zeit gemacht hatten.

Für den Zeitraum, in dem Michel Rosberg und Sebastian Blok bei den Sparkassen Einlagen gemacht hatten, wurden die Gehalts- und Lohneinnahmen ihrer Familienmitglieder verglichen. Ihre Einlagen waren höher als ihre Einnahmen.

Diese Information nutzte Alexander bei ihrem Verhör, das nach dem Verhaften von Klara Felix durchgeführt wurde.

Alexander und Thomas Ring beschlagnahmten die Rechenschaften aller Kaufleuten der Staatlichen Versicherung der Stadt Maibach und ordneten die dokumentarische Revision für den Zeitraum 01. Januar 1974 bis 31. Dezember 1981 an.

Jetzt sollen die Revisoren feststellen wie viel Geld durch die Überweisungen für den Zeitraum 1974 – 1982 an die Sparkasse der Stadt Maibach an Frau Klara Felix per Inhaberscheck ausgezahlt worden war und ob an Frau Michel Rosberg Geld per Inhaberscheck ausgezahlt worden war.

Alexander zählte zur wichtigen Aufgabe der Revisoren während der Durchführung der dokumentarischen Revision festzustellen, ob die Summe aller erhaltenen von Klara Felix und Michel Rosberg durch die Einlösungen der Inhaberschecke bei der Sparkasse Überweisungsbeträge mit den Summen aller verbuchten gesamten Schadensersätzen aller Konten, die auf die erdichtete Versicherungsverträge im Zeitraum 1974 – 1982 bei der Staatlichen Versicherung der Stadt Maibach eröffnet wurden, übereinstimmen.

Revisoren sollten zeigen, dass alle Einzahlungen für die Beiträge der erdichteten Versicherungsverträge mit der dazugerechneten Menge der Gelder, die für den Zeitraum 1974 – 1982 von Klara Felix, Michel Rosberg und Sebastian Blok angeeignet wurden, die Summe aller Schadensersätze ausmachen.

Sollten die Summen der Gelder nicht übereinstimmen, dann sollte weiterhin nach erdichteten Verträgen gesucht werden.
6. Monaten ermittelten Alexander und Thomas Ring, dabei wurden hunderte Menschen vernommen, von deren Namen die Versicherungsverträge abgeschlossen wurden.

Es wurden mehrere graphische Expertisen von Handschriften durchgeführt, mit denen bewiesen wurde, dass die erdichtete Verträge von Michel Rosberg erstellt wurden; dass die Akten über Schäden für die fiktiven Verträgen von Michel Rosberg und Sebastian Blok verfasst und unterschrieben wurden; dass das Geld, das an die Sparkasse überwiesen wurde wirklich an Klara Felix und manchmal an Michel Rosberg per Inhaberscheck ausgezahlt wurde.

Die Revisoren stellten fest, dass die Inhaberschecke bei der Staatlichen Versicherung von Frau Klara Felix ausgestellt wurden und sie selber fast alle Schecke gegen ihre Unterschriften bekommen hatte.
Nur einige Inhaberschecke wurden von Frau Klara Felix ausgestellt und an Frau Michel Rosberg ausgehändigt. Weil Klara Felix Urlaub gehabt hatte, konnte sie selber das Geld von der Sparkasse nicht abholen.

VII

Nach 7. monatelangen Flucht wurde der Aufenthaltsort von Klara Felix festgestellt und sie wurde verhaftet.

Vor der Flucht kaufte sie ein Haus in Neuburg und wohnte dort mit ihrer Familie, ohne sich anzumelden.

Bei der Vernehmung wurden Klara Felix zum Überblick alle erdichtete Verträge und dazu gehörende Akten über Schäden und ausgestellte Inhaberschecken, die im Zeitraum 1974 – 1982 erstellt wurden, vorgelegt.

Beim Verhör gestand Klara Felix ihr Verbrechen und machte folgende Aussage?

Klara Felix: «Obschon ich und mein Ehemann – Albert Felix viele Jahre arbeiteten, reichte stets uns das Geld nicht aus. Wir haben 3 Kinder. Wir sind in guter Beziehung mit der Familie von Michel Rosberg. Wir arbeiten schon viele Jahre zusammen, kennen uns gut und haben Vertrauen zu einander.

Am 01. Mai 1974 hatten wir zusammen den »Tag der Arbeit« gefeiert. Wir waren am Ufer des Flusses neben Maibach.

Da schlug ich Michel Rosberg vor, Geld zu machen. Sie hatte keine Ahnung gehabt, was ich vorhatte. Und fragte mich: »Wie können wir es machen? Wo nehmen wir das Geld für die Beiträge?«

Michel, lass das meine Angelegenheit sein. Darum werde ich mich kümmern.

Ich sagte ihr, dass sie als Kauffrau mit Kunden Versicherungsverträge über das private Vermögen, wie Häuser, Wohnungen, Nebengebäude, Haustiere usw. abschließt und mit ihren Rechenschaften mir abgibt.

Mit den echten Verträgen soll sie ein paar fiktive Verträge erstellen und ihren Rechenschaften beifügen.

Ich sagte, dass der Chef von Gutachtern Herr Sebastian Blok sehr ausgebildeter und ernsthafter Mensch ist und, dass ich und er gute Kumpeln sind und man kann ihm vertrauen. Sebastian hat auch Familie mit zwei Kindern und braucht ebenso Geld.

Sie war einverstanden und nach einiger Tage sagte ich ihr, dass sie ein paar fiktive Versicherungsverträge erstellen und dabei in die Verträge irgendwelche echte Namen und Vornamen als Kunden eintragen sollte, genauer gesagt, Angaben von Leuten, die wirkliche Einwohner des Kreises sind.

Michel Rosberg erstellte zwei solche Verträge mit gefälschten Unterschriften von den ausgedachten Personen. Die Verträge fügte sie ihren Rechenschaften bei und gab sie mir ab.

An die Rechenschaften wurden jedes Mal mit den gefälschten Verträgen auch Bescheinigungen von der Anmeldeabteilung des Rathaus der Stadt Maibach über Familienzustand und versichertes Vermögen von dieser Familien beigefügt.

Für die zwei Versicherungsverträge entrichtete ich selber die Beiträge. Das Geld dafür zog ich von den noch nicht fälligen Beträgen ab, die für die Unternehmen als Schadensersatz zustehen sollten.

Als die Zahlung für die Unternehmen fällig geworden war, zog ich wieder von anderen noch nicht fälligen Beträgen ab.

Das dauerte 5 Monaten, bis ich die Schadenssummen für die zwei erdichteten Verträge bekommen habe.

Inzwischen besprach ich alles im Detail mit Herrn Sebastian Blok. Er fragte mich, ob man Frau Michel Rosberg sowas vertrauen kann. Ich bejahte seine Frage.

Nach Verlauf etwa 5 Monaten gab ich Michel Rosberg die Telefonnummer vom Gutachter Herrn Sebastian Blok.

Ich bat sie Herrn Blok anzurufen und mit ihm einen Termin für die Erstellung zwei Akten über entstandene Schäden, die durch Naturkatastrophe zwei privaten Haushalten verursacht wurden, zu vereinbaren.

Schon am nächsten Tag waren die beiden Akten mit Schadenssummen an zwei privaten Häusern erstellt.

Michel Rosberg erzählte mir: »Als ich Herrn Blok angerufen habe, war er schon auf dem Laufenden. Er sagte zu mir, dass ich jetzt vorbei kommen kann. Ich bin sofort zu ihm gefahren. Innerhalb drei Stunden wurde alles erledigt, wurden zwei Akten mit Schadenshöhen erstellt.

Für die Zukunft sagte er mir, dass ich mit fertig gemachten Akten bei ihm vorbeikommen soll.«

Das Geld für den Schadensersatz für die zwei Verträge überwies ich an Sparkasse, sodass ich das Geld mit Inhaberscheck erhalten könnte.

Als ich die Schadenssummen für die zwei erdichteten Verträge bekommen hatte, tilgte ich die Verschuldungen auf den Konten bei Unternehmen, mit dem ich vorher die Beiträge entrichtet hatte. Das Geld konnte ich nun wie eigenes Geld nutzen.

Im 1975 schlossen wir 6. erdichtete Versicherungsverträge ab. Und die fällige Beiträge für diese Verträge entrichtete ich mit dem restlichen Geld von der Schadenssumme, die von den oben genannten Verträgen für 1974 übrig geblieben waren.
Von diesen Schadenssummen für 1974 hatte von uns niemand einen Rubel erhalten.

Auf solche Weise schlossen wir jahraus, jahrein mehr erdichtete Versicherungsverträge ab. Einen Teil von den Schadenssummen verwendeten wir als Beiträge für die neu erstellte erdichtete Versicherungsverträge und den anderen Teil der Gelder teilten wir zu gleichen Beträgen unter uns ein, d.h., dass jeder von uns: Ich, Michel Rosberg und Sebastian Blok das Drittel vom Rest bekommen hatten.

Alexander verhörte Klara Felix zuerst über die 23. erdichteten Versicherungsverträgen und die dafür gefälschten Akten im 1982.

Vor dem Verhör legte Alexander Frau Klara Felix zur Einsicht die oben genannten Versicherungsverträge und Akten über Schäden vor. Klara Felix legte auch weiterhin Geständnis ab.
Klara Felix: «Von den Schadensersätzen für die gefälschten Verträgen im 1981 verwendeten wir einen Teil zum Entrichten der Beiträge für die Verträge 1982.

Den Rest hatten wir zu gleichen Teilen: Ich, Michel Rosberg und Sebastian Blok angeeignet.

Wie ich schon gesagt habe, war es meine Idee die erdichtete Verträge zu erstellen. Die 23 Verträge wurden von Michel Rosberg erstellt. Sie hatte auch die Unterschriften der Personen, dessen Vermögen vermeintlich versichert wurden, gefälscht.
Die Akten über Schäden wurden wie immer von ihr und Sebastian Blok erstellt.

Das Geld wurde auf das jeweilige Konto von Sparkasse überwiesen und ich holte es gegen Inhaberscheck ab.
Genauso teilten wir das Geld für die Versicherungsverträge, die im 1982 abgeschlossen wurden.«
Alexander: »Frau Felix, können Sie das nachweisen?«

Klara Felix: »Seit 1974 hatte ich das Geld, das auf die gefälschte Verträge und Akten als Schadensersatz den vermeintlich versicherten Personen, ausgezahlt wurde von der Sparkasse gegen Inhaberscheck selbst erhalten.
Einen Teil verwendeten wir zum Entrichten der neu erdichteten Verträge und den anderen Teil teilten Ich, Michel Rosberg und Sebastian Blok zu gleichen Teilen unter uns ein, nämlich jeder bekam das Drittel vom Rest.«

Alexander: »Frau Felix, ich habe Sie gefragt, ob Sie es nachweisen können, dass Sie das Geld unter euch verteilt hatten?«
Klara Felix: »Seit 1975 führte ich für mich eine Liste. In die Liste trug ich Datum, Beträge in Rubel sowie Name und Vorname, der Personen ein, nämlich von mir, von Frau Michel Rosberg und Sebastian Blok, die das Geld bekommen hatten.

Jede Person, die das Geld bekommen hatte, hatte den Erhalt der Gelder in ihren Summen mit einer Unterschrift bestätigt.

Ich machte die Liste für mich, um irgendwelchen Zwist zwischen uns zu vermeiden. Ich arbeitete viele Jahre als Hauptbuchhalterin und wusste, dass über kurz oder lang sogar ein intimer Freund zu Feind sein werden kann.

Am meisten passiert so etwas aus Neid, wenn einen der Hafer sticht, denkt er, dass der andere mehr kriegt als er. Dann kommt es nach und nach zum Streit zwischen solchen Leuten.«

Alexander: »Und wo ist die Liste?«
Klara Felix: »Die Liste bewahre ich auf dem Dachgeschoss unseres Hauses, wo ich zurzeit mit der Familie wohne, auf.

Alexander: »Können sie die Liste uns aushändigen?«
Klara Felix: »Ja, aber wir müssen hinfahren.«

Alexander: »Wohin?«
Klara Felix: »Nach Neuburg, wo heutzutage meine Familie wohnt.«

Alexander: »Frau Felix, wie oft holte Michel Rosberg das Geld gegen Inhaberscheck bei der Sparkasse ab?«
Klara Felix: »Man kann sowas im Gedächtnis nicht behalten. Deshalb müssen wir die Akte der dokumentarischen Revision anschauen. Jetzt nach dem Ansehen der Akte stimme ich zu, dass Frau Michel Rosberg siebenmal das Geld bei der Sparkasse gegen Inhaberschecke abgeholt hatte, und zwar fünfmal im 1980 und zweimal im 1981. Das Geld wurde ebenso unter uns verteilt.«

Alexander: »Frau Felix, können Sie nachweisen, dass Herr Sebastian Blok den dritten Teil der Gelder auch bekommen hatte?«

Klara Felix: »Wie gesagt, er hatte manchmal auch in der Liste den Erhalt der Gelder mit seiner Unterschrift bestätigt. Und ich hatte mit ihm darüber mehrmals geredet. Er war immer zufrieden und sagte, dass er jedes Mal pünktlich beim Treffen mit Michel Rosberg von ihr das Geld bekommen hatte.

Als Michel Rosberg in Urlaub war, hatte ich ihm das Geld selbst im Umschlag abgegeben und mit seiner Unterzeichnung bekräftigte er den Erhalt des Geldes.«
Eine Woche später fuhren Alexander, Thomas Ring, zwei Kriminalisten und zwei Begleitpolizisten mit Frau Klara Felix nach Neuburg zur Durchsuchung ihres Hauses.

Vor der Durchsuchung des Hauses gab Frau Felix selber die Liste aus, auf der Datum, Beträge in Rubel sowie Namen und Vornamen von Michel Rosberg und mehrmals auch von Sebastian Blok, standen.

Trotzdem wurde danach die Durchsuchung des Hauses gemacht. Dabei waren mehr als zwei dutzende tausend Rubel gefunden. Die Liste und Geld wurden beschlagnahmt und das Ergebnis der Durchsuchung wurde zu Protokoll genommen.

Alexander legte während des Kreuzverhörs zwischen Klara Felix und Sebastian Blok die Liste mit seinen Unterschriften um Erhalt der Gelder in Rubel von Klara Felix vor. Nachdem Sebastian Blok die Eintragungen in der Liste angeschaut hatte, legte er volles Geständnis ab.

VIII

Alexander verhaftete vorläufig Sebastian Blok. In der Zelle lernte Sebastian Blok unter den Inhaftierten den Serientäter – Jorg Kladde, der wegen zahlreichen Diebstahle verhaftet wurde.

Sebastian Blok erzählte ihm, dass er zum Bauingenieur studierte und viele Jahre als Gutachter gearbeitet hatte.
Kladde erzählte ihm von seinen Diebstahlen, die er in verschiedenen Städten begangen hatte und, dass die gestohlene Sachen bei seiner Freundin in anderer Stadt, von der niemand weiß, gut versteckt worden sind.

Am nächsten Tag setzte Alexander das Verhör von Sebastian Blok fort und danach gab er den Beschluss zur Durchsuchung der Wohnung von Sebastian Blok bekannt.
Dabei sagte er ihm vorsätzlich, dass bei der Durchsuchung der Wohnung Geld, Sparbücher und andere teure Sachen gesucht und beschlagnahmt werden.

Sebastian Blok wurde wieder in die Zelle gebracht, aber mit der Durchführung der Durchsuchung zögerte Alexander zwei Tage. Das machte Alexander mit der Absicht, um Sebastian Blok in Gemütsbewegung zu bringen, damit er die Durchsuchung mehr zu Herzen nähme und mit Jorg Kladde intensiver über seine Freveltatsachen reden würde.

95

Sebastian Blok ist sehr Nervös geworden und fragte Jorg: »Wie meinst du, können die Bulle auf Gedanken kommen, dass ich Geld und meine Sparbücher im gehacktes Fleisch im Gefrierfach vom Kühlschrank aufbewahre.«

Jorg Kladde: »Keine Ahnung. Aber beim Filzen gucken sie alles durch. Wird das Geld dadurch nicht beschädigt?«

Sebastian Blok: »Ich bewahre schon lange das Geld im Gefrierfach auf und mit dem Geld wurde noch niemals etwas passiert. Man muss das gehackte Fleisch mit dem Geld einfach sehr dicht in eine Folie einwickeln, damit darein keine Feuchtigkeit durchkommt.«

Alexander nahm zur Durchsuchung der Wohnung Thomas Ring, zwei Kriminalisten, zwei Begleitpolizisten und Sebastian Blok mit.

Während der Durchsuchung wurden im Gefrierfach mehrere dutzende Tausende Rubel und zwei Sparbücher in zwei Beuteln aus Folie, die innen im gehacktem Fleisch lagen, gefunden.

Der Vergleich der gemachten Eintragungen aus Sparbüchern, wie Datum, Beträge in Rubel, mit den gemachten Eintragungen, wie Datum, erhaltene Beträge in Rubel, aus der Liste von Klara Felix, zeigten indirekt auf die mögliche Herkunft der Gelder durch die Aneignung aus der staatlichen Versicherung der Stadt Maibach.

Nun gelang es Alexander zusammen mit Revisoren festzustellen, dass die Summe aller erhaltenen von Klara Felix und Michel Rosberg durch die Einlösungen der

Inhaberschecke bei der Sparkasse Überweisungsbeträge in Rubel mit den Summen aller verbuchten gesamten Schadensersätzen in Rubel auf allen Konten, die auf die erdichtete Versicherungsverträge im Zeitraum 1974 – 1982 bei der Staatlichen Versicherung der Stadt Maibach eröffnet wurden, übereinstimmen und, dass alle Einzahlungen für die Beiträge der Versicherungsverträge in Rubel gemeinsam mit der Menge der Gelder in Rubel, die von Klara Felix, Michel Rosberg und Sebastian Blok angeeignet wurden, die Summe aller Schadensersätze in Rubel ausmachen.

IX

Nach der Durchsuchung der Wohnung von Familie Blok wurde Elvira Blok von Alexander verhört. Elvira sah ganz verstört aus und Alexander verstand, dass sie von dem Ergebnis der Durchsuchung überrascht gewesen war.
Sie wusste wirklich nicht, dass ihr Ehemann – Sebastian Blok gemeinsam mit Klara Felix und Michel Rosberg in Aneignung hunderte Tausende Rubel bei der staatlichen Versicherung der Stadt Maibach verwickelt wurde.

Sie vermutete überhaupt nicht, dass Sebastian der Mittäter von den beiden war, dass er sie mit Michel Rosberg betrogen hatte.
Sie konnte lange nicht einschlafen und sie erinnerte sich an ihr erstes Treffen mit Sebastian. Im 1970 studierte sie an Fakultät Lehrerbildung der staatlichen Universität in Novosibirsk. Im Sommer während der Ferien fuhr sie mit dem Zug »Novosibirsk – Taschkent« nach Hause.

Als sie ins Coupe des Wagons einstieg, lag links von der Tür ein Bursche. Sie hatte den Platz rechts von der Tür gegenüber gekriegt.

Es war gegen 22 Uhr und im Coupe war es dunkel. Sie waren zu zwei. Der Junge hatte einen Rekorder und hörte Musik. Wie sie sich erinnerte, waren das Lieder von Elvis Presley.

Nach der Erwartung auf den Zug bei schwülem Tag legte jetzt Elvira eine Matratze auf das Fach und machte sich gemütlich zum Schlafen, weil sie 10 Stunden fahren müsste.

Sie legte sich mit einem ärmellosen Unterhemd auf die Matratze der Schlafbank. Nachts kam frische Luft, sie schlief nicht, verschob das Betttuch zum Bauch und streckte ihre rechte Hand seitwärts hinüber.

Im Nu spürte sie die Berührung und ein sukzessives warmes Anschmiegen an ihre Hand mit der Hand von dem gegenüber liegenden Bursche. Von solcher Sanftheit ging durch ihr Körper das prickelnde Gefühl. Davon empfand sie das Kribbeln im Bauch und sie erwiderte eben solches Anschmiegen.

Ohne über etwas miteinander zu reden, stand der Bursche auf, schob das Betttuch zur Seite und legte sich auf sie, die instinktiv ihre Beine spreizte. Sie schmusten sich. Er nahm sie sanft an Schultern, erhob sie und zog von ihr das Unterhemd herunter. Zugleich küsste er sie auf die Lippen, auf den Hals, auf die Brust, auf die Brustwarzen.

Er armte sie am Becken um und versuchte ihren Slip herunterzuziehen, aber sie hielt ihn mit den Händen. Ihre Herzen klopften und pumpten das Blut in alle Glieder ihren Körpern.

Er wandte keine Körperkraft an und fuhr fort, sie zärtlich zu küssen. Auf einmal armte sie ihn am Kopf um und drückte ihn nach unten zum Bauch. Er küsste sie auf ihren Bauch, sie nahm seine Hände in ihre Hände und gab ihm zu verstehen, ihren Slip herunterzuziehen.

Sie hob ihre Beine nach oben, er nahm sie sanft mit seinen Handflächen, küsste ihre Oberschenkel. Danach nahm er sie mit seinen Handflächen am Schultern und drückte herzlich gern ihren schlanken Körper an sich. Sie spürte, wie sich von der feuchten Wärme ihres Körpers seine Erektion verstärkte.

Nach zwei Höhepunkten redeten die beiden miteinander und lernten sich kennen. Danach ging Sebastian auf sein Bett und nach einer Weile schliefen die beiden ein.
Die ganze Zeit waren sie zu zwei im Coupe und der Schaffner hat keinen anderen Passagier ins Coupe geschickt, obwohl das ein Coupe für vier Passagiere war. Wahrscheinlich war das ihr Schicksal.

Gegen 6 Uhr morgens wachte Elvira auf, sie erhob sich vom Bett und ganz nackt stand die schlanke, brünette Frau vor ihm in voller Größe, setzte sich auf Sebastian, der schon wach gewesen war.
Er küsste sie auf ihre volle Lippen, die von der dunkelroten Pomade ihre Schönheit hervorhoben.

Nun sahen sie sich ganz nackt neugierig an, als ob die beiden auf ihren Körpern etwas lesen wollten. Gerade ergriff sie die Initiative und flatterte auf ihm wie ein schlanker, aktiver, goldfarbiger Tagfalter, der sein Schmetterling befruchten wollte.

Ihm fiel auf, dass die von Natur aus dunkle und dünne bogenförmige Augenbrauen ihre ohnehin große runde kastanienbraune Augen noch größer machten und vergotteten ihre Attraktivität.

Mit voller Sanftheit und liebevoll küsste er sie auf ihre goldfarbige Brust und große dunkelbraune Brustwarzen, die passend zu ihrer mittelgroßen Brust waren.

Diese 10 Stunden der Fahrt vergangen wie im Fluge. Dreimal bekamen die beiden den Höhepunkt. Nach 10 Stunden stieg Elvira aus dem Zug aus.

Sie tauschten ihre Adressen aus und nach 2. Monaten kam Sebastian nach Hause zu ihr und sie haben geheiratet. So haben sie sich kennengelernt und das war Liebe auf den ersten Blick.

Im Gegensatz zu ihm hatte sie ihn geliebt und kein einziges Mal betrogen.

Jetzt fühlte sie sich mit den Füßen zertreten. Aber sie hatte zwei Kinder: Sohn – Beniamin und Tochter – Natali. Die beiden halfen ihr auf eigenen Füßen zu stehen. Sie arbeitete weiterhin als Lehrerin in der Realschule.

Klara Felix, Michel Rosberg und Sebastian Blok wurden vor Gericht gestellt und wegen der Aneignung der hunderte Tausende Rubel der staatlichen Versicherung zur Freiheitsstrafe verurteilt.

Drittes Buch

Aneignungen der Waren von
Leitern der Unternehmen

I

1983. Einmal nach der Sitzung sprach Arno Erwin Alexander an und sagte: «Alexander, bitte bleibe hier. Ich möchte mit dir etwas besprechen.«

Das Gespräch fand unter vier Augen statt.

Arno Erwin: »Alexander, ich kenne dich schon lange Zeit, wie einen ehrlichen, erfahrenen, gerechten und richtigen Inspektor, der immer für die Gerechtigkeit, Gesetzlichkeit kämpft. Du bekämpfst Bestechung und Korruption unabhängig davon um welche Personen es sich handelt. Es gelang dir immer, weil du selbst ein unbestechlicher Mensch bist. Ehrlich gesagt, ich bin darauf auch stolz, dass ich solch einen untergestellten Inspektor habe.«

Alexander gefiel niemals, wenn ihn jemand lobte und er fiel Herrn Erwin in die Rede und fragte ihn: »Herr Erwin, ich glaube, Sie haben etwas auf dem Herzen, sie können schon ruhig und vertraulich mir alles ausschütteln, was ihnen am Herzen liegt.«

Trotz des Vertrauens an Alexander redete Herr Erwin leise und ängstlich, als ob ihn jemand Dritter hören könnte.

Es ging um Erster Sekretär des Komitees des Kreises der Kommunistischen Partei Mark Wolf.

Das Gesprächsthema war das Verhalten zu ihm vom Ersten Sekretär des Komitees des Kreises der Kommunistischen Partei Herr Mark Wolf.

Arno Erwin: »Alexander, du kennst doch sehr gut Herrn Mark Wolf. Die letze Zeit frisst er mich lebendig im wahren Sinne des Wortes auf, weil ich ihn in seiner schmutzigen Politik nicht unterstütze.

Außerdem gehören wir beiden nach dem Herkommen zu verschiedenen Sippe. Unter uns haben die Gebrauche der Sippe sehr starke Wirkung. Hast du vielleicht irgendwelches ihn kompromittierendes Material? Kannst du ihn vielleicht wegen Verbrechen vor Gericht stellen?«

Als Arno Erwin darüber redete, lauschte Alexander ganz andächtig und gespannt.

Nach dem Gespräch versprach Alexander ihm auch gar nichts, weil er nicht wusste, wie ernst Arno Erwin es mit Mark Wolf meinte und er schloss auch nicht aus, dass er ihn provozieren konnte.

Er wusste, dass man solche Angelegenheiten sehr geheim machen sollte. Erstes, es könnte ihnen beiden die Dienststelle kosten und zweitens, es werden manche Untersuchungsrichter und der Staatsanwalt Konrad Feige Herrn Mark Wolf mithelfen wollen. Deshalb werden sie der Ermittlung im Wege sein und auf jede Weise stören.

Ein paar Wochen darauf sprach Arno Erwin Alexander an und sagte: »Alexander, heute habe ich im Restaurant das Abendessen um 19 Uhr bestellt. Ich wollte nach dem Arbeitstag mit dir mit der Ruhe dort über Mark Wolf reden.
Gegen 19 Uhr trafen sie sich wie abgesprochen im Restaurant. Im Restaurant gab es außer dem großen allgemeinen Speisesaal zwei Speisezimmern mit 4 Tischen für 24 Personen.

Die Speisezimmern konnten extra auf Bestellungen der Besucher für Freund- , Familien- , Gruppentreffen und für Amtspersonen usw. reserviert werden.

Arno Erwin reservierte ein Speisezimmer von 19 bis 22 Uhr, das für die Amtspersonen eingerichtet wurde. Sie waren im Zimmer zu zwei und jetzt konnten sie mit der Ruhe miteinander über die Angelegenheit von Mark Wolf reden. Ein Kellner brachte ab sofort Speisekarten und ging weg. Bald darauf kam Kellnerin und nahm von den beiden Bestellungen auf. Alexander bestellte auch eine Flasche fünf Sternen Kognak aus Armenien.

Als die Kellnerin das Essen und Kognak gebracht hatte, sagte Alexander: »Wir bedienen uns weiterhin selber.« Damit gab er ihr zu verstehen, dass die beiden jetzt nicht gestört werden wollten.
Die Kellnerin wünschte den beiden guten Appetit und zog sich zurück.
Bevor sie sich zurückgezogen hatte, bestellte Alexander Musik »Cheri Cheri Lady« und andere von Modern Talking.

Arno Erwin: »Alexander, das ist wahrscheinlich deine Lieblingsmusikgruppe. Damals beim Feiern des Geburtstages von Swen Mais hattest du auch die Musik von Dieter Bohlen und Thomas Anders bestellt.«
Alexander: »Arno, Sie sagen jedes Mal, dass Sie keine Ahnung von der Musik haben. Aber die Musik haben Sie nicht vergessen.«

Arno Erwin war fast zweimal älter als Alexander und deshalb redete er ihn mit der Höflichkeitsanrede »Sie« an.
Alexander schenkte Kognak in die Gläser selber ein.
Alexander: »Arno, wir trinken auf Ihr Wohl!«

Zu jedem Glas Kognak brachten die beiden abwechselnd einen Trinkspruch, nämlich einen Toast aus. So war es üblich gewesen.

Beim Essen sagte Arno Erwin: »Alexander, du hast mir bis jetzt keine Antwort gegeben, ob du bereit bist, gegen Herr Wolf zu ermitteln.«

Nun öffnete sich Alexander und sagte: »Arno, Sie kennen mich gut. Wenn ich mich an die Arbeit mache, dann greife ich die Sache tüchtig an. Und in diesem Fall muss es sehr männlich wirkend sein.

Sollten wir mit solch einer Ermittlung anfangen und danach die Akten wegen Mangel an Beweisstücken einstellen, dann weiß ich nicht wie Sie, aber ich werde mich, wie gesagt, »reisefertig« ins Gefängnis wegen Verleumdung über den Ersten Sekretär des Kreises des Komitees der Kommunistischen Partei machen müssen. Deshalb müssen Sie mir versprechen, dass Sie niemals ohne mich jemandem Dritten über diese Sachen in Kenntnis setzen.«

Arno Erwin: »Alexander, wenn ich dich darum bitte, dann meine ich es sehr ernst und ich verspreche dir, dass davon niemand von mir etwas erfahren wird.«

Alexander: »Arno, man muss nicht vergessen, dass der Staatsanwalt Herr Konrad Feige und die Amtsleute aus der Verwaltung uns immer im Wege stehen und stören werden. Und wenn wir die Beweisstücke hinsichtlich der Schuld von Herrn Wolf an Korruption nicht vermögen werden, dann werden wir vor Gericht, wie gesagt, wegen der Verleumdung gestellt.
Sie werden uns die Schuld an Verleumdung über den Ersten Sekretär des Komitees des Kreises der Kommunistischen Partei Herr Mark Wolf geben.«

Arno Erwin: »Verstehe, aber ich kann nicht mehr warten. Er demütigt mich jeden Tag. Beim Gespräch mit ihm unter vier Augen kommt es sogar zu persönlichen Beleidigungen. Er beleidigt mich.«

Alexander: »Arno, ich habe Information über Geldaneignung vom Leiter des Warenlagers des Einkaufszentrums der Konsumgenossenschaft Herr Richard Krebs. Er kauft gegen niedrige Preise von den Kaufleuten des Einkaufszentrums verschiedene Landwirtschaftsprodukten bzw. Waren ein. Dabei kauft er die Waren gegen zu niedrigen Sorten oder zu niedrigen Qualität ein und dementsprechend bewertet er die Produkten billiger als sie tatsächlich kosten.

Danach werden die Waren von ihm mehrfach teurer verkauft. Die Überschüsse, die er durch Manipulierung mit den Preisen der Waren beim Einkauf und Verkauf schafft, eignet er sich an.

Aber auf welche Weise?
Das sollte mittels der Ermittlungen festgestellt werden. Da handelt es sich um Millionen Rubel. Aber das zu beweisen, muss man ganz viel Arbeit leisten. Man muss alle Kaufleute des Einkaufszentrums und hunderte Menschen, bei denen die Kaufleute die Waren einkauften, als Zeuge verhören.

Danach sollte man die Wiederherstellung der Menge der Waren nach Sorten und Preisen beim Einkauf und der Menge der Waren nach Sorten und Preisen beim Verkauf durch die dokumentarische Revision nach den Rechenschaften des Leiters des Warenlagers Richard Krebs durchführen.

Herr Erwin, warum rede ich davon mit Ihnen?

Weil Richard Krebs einen Teil vom angeeigneten Geld weiter an Direktor des Einkaufszentrums Herrn Manuel Schwind gibt. Und er gibt einen Anteil Herrn Mark Wolf ab.

Wie Sie hören, um dies zu beweisen, muss man umfangsreiche Untersuchungstätigkeit durchführen. Dafür werden wir viel Zeit brauchen. Und ich glaube nicht, dass Herr Manuel Schwind gegen Mark Wolf aussagen wird, um ihn zu überführen.«

Arno Erwin: »Alexander, so lange möchte ich nicht mehr warten. Bitte suche etwas anderes gegen Herr Wolf. Und die Angelegenheit über Geldaneignung im Einkaufszentrum werden wir später ermitteln.«

Alexander: »In ein paar Tagen will ich mich mit meinem Informant aus Sowchos »Schwarzburg« treffen. Vielleicht teilt er über Diebstahl etwas mit. Der Direktor Herr Gabriel Grau steht auf gutem Fuß mit Herrn Mark Wolf. Vielleicht gelingt es uns dort etwas herauszufinden.«

Gegen 22 Uhr verließen Arno Erwin und Alexander das Restaurant.

II

Erster Sekretär des Komitees des Kreises der Kommunistischen Partei Mark Wolf hatte mit seiner Politik viele private Haushalte in Armut getrieben, Sowchose und Kolchose unrentabel gemacht. Arno Erwin war stets gegen die Politik von Mark Wolf.

In knappen Worten schildere ich die Tätigkeit der Partei im Kreise, damit meine Leser verstehen können, worum es sich gehandelt hatte.

Menschen, die in sozialistischen Ländern lebten, wussten, dass sich jedes sozialistisches Land nach Plane der Kommunistischen Partei entwickelt hatte.

Der Erste Sekretär des Komitees des Kreises der Kommunistischen Partei Mark Wolf verlangte von den Leitern aller Unternehmen bei der Ausführung der Pläne die Planvorsprünge zu schaffen.

Kurz beschreibe ich, wie er auf den Knochen der Leute eigene Karriere machte.

Zwar wusste er von der Unmöglichkeit die Planvorsprünge zu schaffen, aber forderte von den Direktoren der Sowchose und von den Vorsitzenden der Kolchose immer mehr Landwirtschaftsprodukten, wie Getreide, Sonnenblumenkerne, Fleisch, Milch, Butter, Schafwolle, Ziegenwolle, Fell von den Tieren zu produzieren und an den Staat zu verkaufen.

Direktoren der Sowchose und Vorsitzende der Kolchose mussten mehr und mehr Getreide, besonders Weizen und sogar deren Abfallprodukte an Staat durch das Beschaffungsunternehmen verkaufen, sodass die Sowchosen und Kolchosen für ihre Mitarbeiter keine Getreide und einschließlich Weizen verkaufen konnten.

Bei den Einzelhandelsmärkten gab es außer Brot keine landwirtschaftlichen Waren, wie z. B. Fleisch, Milch, Butter, Eier usw. zum Verkauf an die privaten Haushalte bzw. an Einwohner des Kreises.

Die Menschen auf dem Land und sogar viele in Städten mussten Hilfswirtschaft betreiben, um Rinder, Schweine, Schafe, Ziege, Hüne, Biene zu züchten und auch Gemüsefeldern haben, auf denen sie Kartoffel, Tomaten, Gurken, Kohl, Möhren, Radischen, Rübe einpflanzen und aufziehen mussten, um davon ihre Familien zu ernähren.

Sollten die Menschen etwas Futter für die Ernährung ihrer Tiere haben, dann mussten sie am meisten diese Produkten, wie z. B. Gerste, Hafer, Weizen, Sonnenblumenkerne, Heu usw. bei Sowchosen und Kolchosen stehlen.
Danach wurden sie nach dem Strafgesetzbuch vor Gericht gestellt. Die private Haushalte bzw. Einwohner waren immer ärmer geworden.

Gleichzeitig konnten die Beschaffungsunternehmen wegen der niedrigen Kapazitäten ihrer Elevatoren die eingekauften Getreide nicht aufbewahren, sodass über den ganzen Winter durch viele verfaulte bzw. verdorbene Tonnen von Getreide mit Lkw zum Müllhaufen abtransportiert wurden.

Somit hatten aufgrund solcher Politik sowohl die Sowchosen und Kolchosen als auch das Beschaffungsunternehmen mit Verlusten produziert.
Wolf verlangte von Direktoren der Sowchose und von Vorsitzenden der Kolchose die ständige Vermehrung der Rinder-, Pferde- , Schaf- und Ziegenbestände.

Die letzten wussten, dass es nur durch die Angabe in Rechenschaften einer größerer Zahl von neugeborenen Tieren erreicht werden konnte, d. h., dass man anstatt der tatsächlichen Geburtszahl von neugeborenen Tieren die gewünschte Zahl der neugeborenen Tieren angeben sollte.

Die Direktoren der Sowchose und die Vorsitzende der Kolchose, die nicht mitgemacht hatten wurden von Mark Wolf verfolgt. Von seinen Demütigungen erlebten manche Herzinfarkt.
Wenn die Direktoren der Sowchose und die Vorsitzende der Kolchose mitgemacht hatten, hatten die Maßnahmen folgende Folgen.

In den Rechenschaften wurde mehr Zahl von neugeborenen Tieren angegeben als tatsächlich geboren sind.

Auf solche Weise war es nach und nach zu Manko bei den Viehpflegern, Schafhirten, Pferdehirten gekommen. Am meisten mussten die Hirte selbst das Manko von der Menge der Tiere aus privaten Hilfswirtschaften aufbringen.

Private Haushalte, deren Familienmitglieder die Arbeit der Hirte ausgeübt hatten, waren immer ärmer geworden. Die private Haushalte konnten nicht frei nach ihrem Belieben ihre überflüssige für sie unnötige landwirtschaftliche Produkten bzw. Waren an Einwohner des Kreises oder an andere Bürger verkaufen.

Mark Wolf verfolgte immer ein Ziel - Erfüllung des Planes und, um das Ziel zu erreichen, verlangte er von den privaten Haushalten den Verkauf ihrer landwirtschaftlichen Waren, wie z. B. Fleisch, Wolle, Butter, Milch usw. per fest gesetzten staatlichen Einkaufspreisen an das staatliche Einkaufszentrum.

Die private Haushalte erlitten durch ihre Hauswirtschafte nur Verluste.

Von daher waren viele Einwohner unzufrieden mit der Politik von Mark Wolf und wünschten, dass er vor Gericht gestellt werden sollte.

Deshalb war es im Prinzip nicht schwer seine Frevelgeschäfte herauszufinden und Ermittlungen aufzunehmen.

Aber er war der Erste Sekretär des Komitees des Kreises der Kommunistischen Partei und nur das Gebietskomitee der Kommunistischen Partei war zuständig eine Entscheidung über Aufnahme der Ermittlungen gegen ihn zu treffen.

Arno Erwin wusste das und trotzdem entschied er sich zur Aufnahme der Ermittlungen gegen ihn, wenn Alexander etwas Kriminelles herausfindet.

III

Nach einiger Tage fragte Arno Erwin: »Alexander, wann willst du dich mit dem Informant aus Schwarzburg treffen?«

Alexander: »Morgen fahre ich hin. Warum fragst du denn?«
Arno Erwin: »Ich möchte, dass du schneller irgendwelches kompromittierendes Material gegen Mark Wolf herausfindest.«

Am nächsten Tag fuhr Alexander nach Schwarzburg. Zur Übernachtung blieb er im Hotel »Steppe«. Zwei Tage später traf er sich mit seinem Informant, den er zum letzten Mal vor zwei Monaten gesehen hatte.

Unter den Informationen, die Alexander von ihm bekam, war eine Information, die bei ihm und Arno Erwin große Interesse erweckte.

In der Information ging es um Pferdehirten – Edgar Kunze und Daniel Rest, in der Edgar Kunze den Leiter des Warenlagers nach Liefererscheine für Fleisch gefragt hat.

Vor einer Woche bei Besuch des Warenlagers hörte der Informant rein zufällig wie Edgar Kunze den Leiter von Warenlager Edwin Bacher gefragt hat, wann er die Liefererscheine für das Fleisch von zwei Pferden von ihm bekommen kann.

111

Herr Bacher antwortete ihm: »Es sind schon mehr als zwei Monaten vergangen, wie das Fleisch vom Chauffeur – Igor Herdt des Direktors Herr Gabriel Grau abgeholt wurde. Bis jetzt sind keine Liefererscheine erstellt. Ich frage den Direktor selber.«

Informant: »Pferdehirt – Edgar Kunze sprach empörend, dass zwei Männer und Chauffeur vom Direktor zwei Rassepferde für jemanden geschlachtet hatten und auf das Fleisch wurden weder Liefererscheine noch Rechnungen erstellt.«

Nach dem Rückkehr berichtete Alexander über die Information Arno Erwin und sagte ihm, dass man heimlich folgendes feststellen sollte:

»1) Wer die Pferde geschlachtet hatte?

2) Ob das Fleisch als Einnahme in Rechenschaften vom Leiter des Warenlagers Edwin Bacher gebucht worden war.

Seine Rechenschaften sollte man gleichzeitig mit Rechenschaften von anderen Personen anschauen, damit die Buchhalterin nicht mitkriegt, wofür wir uns interessieren. Deshalb mache ich das selber.

1) Wenn das Fleisch in der Rechenschaft vom Leiter des Warenlagers als Einnahme nicht gebucht ist, dann sollte man erstens, eine Nachzählung der Pferde in der Herde durchführen, und zweitens, feststellen, wer die zwei Männer sind, die zusammen mit Chauffeur von Direktor Igor Herdt die zwei Pferde geschlachtet und wohin sie das Fleisch davon geliefert hatten.

Damit wir das schneller erledigen, setze ich wahrscheinlich bei der Ermittlung Thomas Ring ein. Er kennt sich gut in dem Ort aus.«

Arno Erwin: »Alexander, ich möchte das die heimliche Arbeit von dir allein durchgeführt wird. Du sagst mir selbst oft. Wenn zwei Menschen etwas wissen, dann werden alle Menschen davon wissen.«

Alexander: »Aber Thomas Ring kann man alles vertrauen. Okay, ich beauftrage ihn die Nachzählung der Pferde in der Herde durchzuführen. Wofür das gemacht wird, wird er nicht wissen.«

Mittels der durchgeführten innerhalb der zwei Wochen heimlichen Ermittlungen gelang es die Schlachter von zwei Pferden festzustellen, und dass das Fleisch von den Pferden als Einnahme in den Rechenschaften vom Leiter des Warenlagers Edwin Bacher nicht verbucht wurde, und, dass in der Herde von Edgar Kunze und Daniel Rest das Manko von zwei Pferden entstanden wurde.

Arno Erwin: »Alexander, wann willst du jetzt mit offiziellen Ermittlungen anfangen?«

Alexander: »Arno, ich stelle einen Plan auf und lege Ihnen ihn zur Bestätigung vor.«

Arno Erwin: »Okay. Ich bitte dich, den Plan schon morgen mir vorzulegen.«
Alexander: »Arno, morgen komme ich mit dem Plan vorbei.«

Dem Plan zufolge sollte nun dokumentarische Revision der Rechenschaften von Pferdehirten Edgar Kunze und Daniel Rest sowie der Rechenschaften vom Leiter des Warenlagers Edwin Bacher durchgeführt werden, um dokumentarisch das Manko von zwei Rassepferden festzustellen.

Binnen kurzem sollte Thomas Ring die Pferdehirten Edgar Kunze und Daniel Rest sowie den Leiter des Warenlagers Edwin Bacher als Zeuge verhören.

Gleichlaufend wird Alexander einer Vernehmung die Schlachter der Pferden Karl Reichert, Robert Pech und den Chauffeur vom Direktor Igor Herd unterziehen.

Die Aussagen aller Zeugen sollten mit dem Tonbandgerät auf das Tonband aufgenommen werden.
Alexander und Thomas Ring führten alle Vernehmungen durch und sie stellten fest, dass vor zwei Monaten ein Rassepferd von Karl Reichert und Igor Herd geschlachtet wurde.
Eine Woche später wurde noch ein Rassepferd von Robert Pech und Igor Herd geschlachtet.

In beiden Fällen nahm Igor Herd am Schlachten der Pferde teil. Nach den Aussagen aller Zeugen, außer Igor Herd, wurde das Fleisch jedes Mal auf das Auto von Direktor Gabriel Grau geladen und Igor Herd hatte das Fleisch mitgenommen.

Der Chauffeur Igor Herd gestand die Teilnahme am Schlachten der Pferde, aber verweigert das Mitnehmen des Fleisches.

Arno Erwin: »Was jetzt?«

Alexander: »Wir müssen Igor Herd zum Kreuzverhör mit anderen Zeugen unterziehen.«
Arno Erwin: »Ich glaube, er wird keine Geständnis ablegen.«

114

Alexander: »Trotzdem müssen wir die Kreuzvernehmungen durchführen. Nach den Verhören wird man schon sehen, was man weiter machen sollte.«

Alexander und Thomas Ring leisteten innerhalb zwei Tage ganz viel Arbeit und führten Kreuzverhöre aller Zeugen mit Igor Herd durch. Alle Vernehmungen sind auf Tonbänder aufgenommen.

Igor Herd legte volle Geständnis ab, dass er das Fleisch von zwei Rassepferden mit dem Auto von Gabriel Grau nach Hause von Mark Wolf geliefert hatte. Aber er behauptete, dass er allein gewesen war und nannte nicht den Mithelfer.

Arno Erwin: »Ich glaube, man sollte ihn verhaften und ins Untersuchungsgefängnis bringen, sonst werden Gabriel Grau und andere alle Kräfte zur Verhinderung der Feststellung der Wahrheit aufbieten. Sie werden seine Aussagen nach ihrem Belieben beeinflussen oder sogar ihn umbringen.«

Alexander: »Arno, vergessen Sie nicht, wenn Igor Herd von uns vorläufig verhaftet wird, wird sich der Staatsanwalt sofort einmischen. Er wird die Akten übernehmen und die Ermittlungen gegen Mark Wolf einstellen.«

Arno Erwin: »Aber uns steht das Recht auf vorläufige Verhaftung für die Dauer von 72 Stunden zu.«

Alexander: »Arno, dem Staatsanwalt steht das Recht auf die Übernahme der Ermittlung zu. Und dann wird er ihn auf freien Fuß setzen. Wenn wir ihn vorläufig verhaften, dann müssen wir innerhalb von 24 Stunden die zusätzliche heimliche Arbeit durchführen.«

Arno Erwin: »Wenn es notwendig ist, setzen wir nun zusätzliche Inspektoren ein.«

Alexander: »Okay.«

Thomas Ring war ein guter Geheiminspektor. Innerhalb drei Tage gelang es ihm den Mithelfer von Igor Herd festzustellen. Das war Cousin von Igor Herd Nik Klotz. Nik Klotz war unverheiratet und wohnte mit seinen Eltern. Sein Vater war Onkel von Igor Herd. Nik Klotz half oft Igor Herd irgendwelche private Angelegenheiten zu erledigen, weil der letzte ihm auch im Leben mitgeholfen hatte.

Obwohl Nik Klotz oft ihm mitgeholfen hatte, wusste er nicht, dass das Fleisch von gestohlenen Pferden ist. Igor Herd weihentete ihn niemals über Diebstahl ein. Er wollte nicht, dass Nik in die Verbrechen hineingezogen wird.

Thomas Ring verhörte Nik Klotz, der in seinen Aussagen bestätigt hatte, dass er zusammen mit Igor Herd mit Auto von Gabriel Grau nach Maibach an Mark Wolf Fleisch von zwei Pferden geliefert hatten. Außerdem sagte er aus, dass er gemeinsam mit Igor Herd oft an Mark Wolf Schaffleisch gebracht hatten.

Alexander: »Jetzt ist gar nicht nötig Igor Herd in Haft zu nehmen. Thomas Ring sollte heute noch die Nachprüfung der Aussage auf dem Ort von Nik Klotz durchführen, indem der letzte zeigen sollte, in welches Haus das Fleisch geliefert und in welchen Raum abgeladen wurde. Danach musste man den Direktor Gabriel Grau verhören. Sollte er das Diebstahl von den zwei Rassepferden für Mark Wolf abschlägig antworten, dann muss man Kreuzverhör mit Igor Herd durchführen.«

Aber Alexander war ein sehr erfahrener und ausgebildeter Geheiminspektor und beim erweckenden Verdacht an Verübung noch anderer Verbrechen nahm er solche Personen fest und führte mit ihnen die heimliche Arbeit durch.

Deswegen nahm Alexander vorläufig Igor Herd in Haft: »Herr Herd, soweit ich unterrichtet bin, verübten Sie im Auftrag vom Direktor Gabriel Grau noch andere Verbrechen. Solange die Angaben ermittelt werden, bin ich genötigt, Sie zu verhaften.«

Igor Herd wurde in eine Zelle des Untersuchungsgefängnisses gebracht, in der sich noch drei Inhaftierten befanden. Unter ihnen lernte er Steffen Rand kennen.

Steffen Rand stammte aus Marienkopf und wurde wegen des Verdachtes an Körperverletzung verhaftet. Er wurde wegen Diebstahl vorbestraft und hatte Freiheitsstrafe abbüßen müssen.
Unter den Inhaftierten zählte er in der Zelle zu geübten. Gerade an ihn wandte sich Igor Herd und fragte nach einem Rat.

Igor Herd: »Steffen, weißt du, ich bin in Diebstahl von zwei Rassepferde verwickelt. Ich machte das im Auftrag vom Direktor des Sowchose »Schwarzburg« Gabriel Grau.
Ich und andere hatten zwei Pferde geschlachtet und das Fleisch von den Pferden nach Hause von Mark Wolf gebracht. Das ist alles bewiesen.

Mein Cousin Nik Klotz, der mir fast immer geholfen hatte, erzählte jetzt den Inspektoren von anderen verübten Diebstahlen. Er dachte, dass das alles rechtmäßig gewesen war.

Das Fleisch von den geschlachteten Schafen wurde genauso nach Hause von Mark Wolf gebracht. Das wurde ebenso im Auftrag von Direktor Gabriel Grau gemacht. Ich weiß nicht, ob ich jetzt darüber auch ein Geständnis ablegen soll?«

Steffen Rand: »An deiner Stelle hätte ich volles Geständnis abgelegt, weil du im Auftrag vom Direktor Gabriel Grau gehandelt hattest. Er soll jetzt auch die Suppe auslöffeln.«

Steffen Rand wusste, dass solch ein Rat gegen die Regeln der Inhaftierten verstößt; dass man solch einen Rat nicht geben darf und trotzdem machte er das.
Inhaftierte empfanden immer Hass gegen die Obrigkeit.
Sie meinten, dass die Amtspersonen von der Partei sowieso alles umsonst vom Staat haben.

Abends redeten sie miteinander und Igor Herd erzählte: »Ehrlich gesagt, ich habe Schnauze von solcher Arbeit voll. Aber man kann nichts machen, es gibt keine andere Arbeit.

Als Chauffeur muss ich ganz viel Arbeit beim Direktor Zuhause erfüllen. Auf dem Viehhof muss ich Schaf- , Rind – und Pferdestahl sauber machen. Das Vieh mit Futter und Wasser versorgen.

Seine Kinder zur Schule und zum Kindergarten bringen und danach sie abholen. Man muss bei ihm Zuhause Brennholz fertig machen und stapeln, Heu und Kohle zusammenlegen und ganz viele andere Arbeit erfüllen. Ich habe für meine Familie nicht so viel Zeit.
Seine Ehefrau – Maria behandelte mich wie einen Knecht.

Wenn Mark Wolf und andere Bosse nach Schwarzburg kamen, dann feierten die Bosse zusammen mit ihren »Mädchen für alles im Büro.«

Sie machten sich mit Champagner, Kognak und Wodka voll und danach spielten manche Poker gegen Geld, manche gingen mit den Mädchen in andere Jurte bzw. in andere Zelte, wo sie knutschen und ließen ergötzlich ihren Geschlechtstrieb hinausgehen, sodass man ihre Stöhnen in anderen Jurten gehört hatte.

Das erregte Abscheu. Aber wir Chauffeure mussten in getrennter Jurte bzw. Zelt auf unsere Bosse warten und sie nach ihrem Sättigen nach Hause bringen.
Wie gesagt, man hat davon Schnauze voll.

Die Bosse sind schamlos und gewissenlos. Jeden Monat muss man von den Schafhirten bis 2. - 3. Schafe holen und für sie schlachten. Das Fleisch musste man ihnen nach Hause bringen.«

Steffen Rand: »Was heißt holen?«
Igor Herd: »Der Direktor Gabriel Grau schickte mich zum Leiter des Warenlagers Edwin Bacher und der letzte schrieb einem Schafhirt einen Zettel mit der Bitte mir ein Schaf abzugeben.
Die Schafe schlachteten ich und mein Cousin Nik Klotz bei uns Zuhause und dann brachten wir das Fleisch von den Schafen nach Hause entweder Gabriel Grau oder Mark Wolf.«

Am nächsten Tag morgens rief Staatsanwalt Herr Konrad Feige bei Arno Erwin an und fragte ihn, ob der Chauffeur vom Direktor des Sowchose »Schwarzburg« Igor Herd verhaftet worden ist.

119

»Alexander hielt es für notwendig und verhaftete ihn vorläufig. Was für Problem haben Sie denn Herr Feige?«, antwortete ihm Arno Erwin.

Konrad Feige: »Ich bin Staatsanwalt. Ihr musstet mich in Kenntnis setzen. Setzt ab sofort den Verhafteten Igor Herd auf freien Fuß und Alexander soll mir die Akten über Igor Herd vorlegen.«

Arno Erwin wusste, dass den Staatsanwalt nicht der Igor Herd interessiert, sondern ob gegen Mark Wolf etwas kriminelles herausgefunden ist.

Arno Erwin rief Alexander an und bat ihn auf sein Zimmer: »Alexander, kannst du hereinkommen?«

Alexander: »Ich komme sofort.«

Arno Erwin: »Gerade rief Staatsanwalt Herr Konrad Feige an. Er fordert die Freilassung von Igor Herd und das Vorlegen ihm der Akten über ihn.«

Alexander: »Arno, machen Sie sich doch darum keine Sorge. Es läuft alles so, wie wir es vorausgesehen hatten. Ich meine, dass der Staatsanwalt nun sein Recht in Anspruch nehmen wird, um die Akten einzustellen. Laut des Gesetzes musste ich ihm eine Mitteilung über vorläufige Verhaftung von Igor Herd zusenden. Das wurde erledigt.

Von mir kriegt er die Protokolle über die Vernehmungen von Igor Herd, Edgar Kunze, Daniel Rest und Edwin Bacher, die ich schon vorher gemacht hatte, bevor der Igor Herd Geständnis abgelegt hatte.

In diesen Protokollen figurieren noch gar nicht die Namen vom Direktor des Sowchose »Schwarzburg« Gabriel Grau und von Mark Wolf.

120

Ich gehe jetzt zu ihm und werde mit ihm darüber reden. Aber das wird sowieso nichts bringen. Er will jetzt Herrn Mark Wolf helfen. Und er macht jetzt einen irreführenden Eindruck, als ob er gegen Verstoß des Gesetzes kämpft.
Ich kenne doch gut dieses Arschloch. Wir handeln gesetzmäßig. Er hielt sich immer für den Klügsten, aber er ist dumm.«

Arno Erwin: »Alexander, Okay! Fahre zu ihm und bespreche es mit ihm.«

Bevor Alexander zum Staatsanwalt fuhr, redete er über alle Details mit Thomas Ring: »Thomas, jetzt dürfen wir nicht aufgeben, sonst können wir ins Gefängnis wegen der Verleumdung gegenüber Erster Sekretär des Komitees des Kreises der Kommunistischen Partei Mark Wolf geraten.

Der Staatsanwalt Konrad Feige und noch manche werden sich vor dem Mark Wolf liebedienern. Herr Feige wird die Beweise falsifizieren und die Akten wegen des Fehlens des Tatbestandes einstellen.

Sollten wir aufgeben, dann können wir mit einer straffrechtlichen Verantwortung gegen uns rechnen. Bitte bringe mich mit dem Auto zum Staatsanwalt und warte auf meinen Anruf.«
Als Alexander das Dienstzimmer vom Staatsanwalt betrat, grüßte er Konrad Feige und nahm sich wie immer Platz am von vorne stehenden Tisch.

Herr Feige wies mit dem Kopf, aber unfreundlich.
Herr Feige fing an, mit Alexander mit einer korrekten Tonart zu reden. Er hatte vor Alexander Respekt, weil der letzte sich besser in den Ermittlungen derartigen Verbrechen auskannte.

Konrad Feige: »Alexander, warum nahmt ihr Igor Herd vorläufig in Haft und setztet mich nicht in Kenntnis?«

Alexander: »Wir hatten Ihnen die Mitteilung über Festnahme von Igor Herd per Post zugeschickt.«
Konrad Feige: »Ich habe entschieden, die Ermittlung gegen Igor Herd an die Staatsanwalt zu übernehmen.«

Alexander: »Okay. Ich habe die Akte mitgebracht.«
Konrad Feige: »Sie können die Akte meiner Sekretärin Olga Schell abgeben. Und Herrn Igor Herd setzen Sie ab sofort auf freien Fuß.«

Alexander ging aus seinem Zimmer hinaus und gab der Sekretärin die Akte ab. Die Akte sollte von ihr die Untersuchungsrichterin der Staatsanwalt Frau Anne Schumacher bekommen.

Nachmittags bekam die Untersuchungsrichterin Anne Schumacher von der Sekretärin die Akte über Igor Herd. Beim Kennenlernen der Akte merkte sie, dass sich in der Akte nur die Protokolle zu Vernehmungen von Igor Herd, Edgar Kunze, Daniel Rest und Edwin Bacher befanden.

In ihren Aussagen gab es noch keine Geständnisse über Verübung irgendwelcher Verbrechen. In den Aussagen der Zeugen gab es keine Rede von Direktor des Sowchose »Schwarzburg« Gabriel Grau und Erster Sekretär des Komitees des Kreises der Kommunistischen Partei Mark Wolf.
Erzürnt berichtete die Untersuchungsrichterin Anne Schumacher dem Staatsanwalt Konrad Feige über die Akte.

Er rief Arno Erwin an und forderte Alexander zur angegebenen Zeit mit voller Akte von Igor Herd zu kommen.

Nach dem Anruf von Konrad Feige, der von Alexander in Wut gebracht worden ist und mit Arno Erwin im Zorn redete, geriet Arno in Panik.
Unverzüglich gab Arno Erwin dem Inspektor vom Dienst Maik Bagger die Aufgabe Alexander zu finden und an ihn zu schicken.

Alexander und Thomas Ring sahen den möglichen Gang der Begebenheit voraus und waren absichtlich weggefahren. Sie setzten niemanden vom Dienst in Kenntnis über ihren Aufenthaltsort.

Alexander befolgte keinesfalls dem Hinweis von Konrad Feige und setzte Igor Herd nicht auf freien Fuß. Er wollte, dass Igor Herd die 72 Stunden mit Steffen Rand in der Zelle verbringt.

Und wenn der Staatsanwalt glaubt, dass die vorläufige Verhaftung von Igor Herd rechtswidrig ist, dann soll er ihn selber auf freien Fuß setzen.
Gegen Feierabend erschienen Alexander und Thomas Ring bei der Dienststelle.

Arno Erwin: »Alexander, wo seid ihr beide gewesen? Der Staatsanwalt sucht euch den ganzen Tag. Es geht um Akte über Igor Herd.«

Alexander: »Okay. Ich fahre jetzt zum Staatsanwalt und kläre mit ihm alles auf der Stelle.«
Als Alexander auf dem Dienstzimmer bei Konrad Feige eintrat, grüßte der letzte ihn nicht und fing an wütend zu schreien.

Konrad Feige: »Wieso gibst du mir nicht alle Beweisstücke über den Direktor des Sowchose »Schwarzburg« Gabriel Grau und Erster Sekretär des Komitees des Kreises der Kommunistischen Partei Herrn Mark Wolf?«

Alexander: »Weil ich mich überzeugen wollte, ob Sie auf der Seite des Gesetzes stehen oder auf der Seite der Verbrecher. Jetzt ist mir deutlich geworden, auf welcher Seite Sie sind.

Alle Beweisstücke über Verbrechen von Direktor des Sowchose »Schwarzburg« Gabriel Grau und Erster Sekretär des Komitees des Kreises der Kommunistischen Partei Herrn Mark Wolf sind in meinem Besitz und ich übergebe sie Ihnen nicht, weil Sie Herr Staatsanwalt, wie ich jetzt klar sehe, die Beweisstücke durch Fälschungen falsifizieren und die Akte aus Mangel der Beweise einstellen werden.«

Alexander stand auf und lächelnd verließ das Dienstzimmer vom Staatsanwalt. Aus unbeherrschtem Zorn schrie Konrad Feige ihm hinterher: »Hier bin ich der Staatsanwalt. Ich werde entscheiden, was mit den Akten zu tun ist.«
Aufgeregt wartete Arno Erwin auf Alexander im Dienstzimmer.

Arno Erwin: »Alexander, was machen wir jetzt?«

Alexander: »Ich gebe die Beweisstücke dem Staatsanwalt nicht ab, weil er sie falsifizieren und ändern wird. Danach stellt er die Akte aus Mangel der Beweise des Tatbestandes ein. Und er wird uns wegen der Verleumdung gegen Erster Sekretär des Komitees des Kreises der Kommunistischen Partei Herrn Mark Wolf vor Gericht stellen.«

Arno Erwin: »Alexander, ich vertraue dir, mache es so, wie du weißt.«

Alexander ging auf sein Dienstzimmer und verhörte weiterhin Igor Herd. Da Igor Herd volles Geständnis abgelegt hatte, ließ er ihn frei. Kurz nachmittags rief ihn Arno Erwin an und forderte ihn zu ihm auf sein Dienstzimmer auf.

Arno Erwin: »Alexander, der Staatsanwalt Herr Konrad Feige gab auf. Jetzt wandte sich Mark Wolf um Hilfe an unsere Verwaltung. Gerade rief Herr Paul Fischer an. Er bittet den Faden in dieser Akte zu verlieren. Was jetzt? Er will mit dir reden. Er bat dich, mit ihm in Verbindung zu setzten.«

Arno Erwin, dessen Idee gegen Mark Wolf ermitteln und ihn vor Gericht zu stellen, fühlte nun sich erschöpft. Er wusste nicht, was man weiterhin machen sollte.

»Der Staatsanwalt wurde jetzt zum Feind gemacht. Und wenn nun noch solche Leute wie Paul Fischer zum Feind gemacht werden, dann wird man schon mindestens vom Amt suspendiert,« sagte Arno zu Alexander.

IV

Alexander: »Arno, wir machen es folgendermaßen. Ich verliere den Faden zur Akte und die Beweisstücke verstecke ich, sodass wir sie jederzeit gegen Staatsanwalt Konrad Feige und gegen Erster Sekretär des Komitees des Kreises der Kommunistischen Partei Mark Wolf verwenden können.

So machen wir sie abhängig von uns. Und die Leute von der Verwaltung sollten uns auch unterstützen, wenn wir auf ihre Bitte die

Beweisstücke in ein »Gips« einpacken. Ich rufe ihn von hier an, und sage ihm, dass wir unter solcher Bedingung die Akte in ein »Gips« einpacken werden.«

In ein »Gips« einpacken, hatte eine umgangssprachliche Bedeutung, die unter den Inspektoren angewandt wurde, falls die Ermittlungen gegen bestimmte Personen übergehen wurden.

Nach dem Gespräch mit Herrn Paul Fischer, der mit Alexanders Bedingung einverstanden gewesen war, schickte Arno Erwin nach ein paar Tagen Alexander in Urlaub auf die Dauer von 3. Wochen.

Arno Erwin überlegte sich anders. Er glaubte, dass mit der Zeit der Staatsanwalt Herr Konrad Feige und Erster Sekretär des Komitees des Kreises der Kommunistischen Partei Mark Wolf ihn zum Sündenbock machen werden.

126

Er wusste, dass solche Leute es tun werden, weil sie den Nachgeordneten nicht vergeben werden können.

Während Alexander im Urlaub gewesen war, organisierte jemand von unzufriedenen Einwohnern von Maibach ein Gesuch an das Zentralkomitee der Kommunistischen Partei an Herrn Juri Andropov, sodass das Schreiben direkt bei Andropov eingetroffen wurde.

Ein paar Wochen später kamen unerwartet vom Gebietskomitee der Kommunistischen Partei der Vorsitzende der Parteikommission, der Gebietsstaatsanwalt und der Erster Vertreter des Vorgesetzten der Verwaltung vom Gebiet des Innenministeriums.

Innerhalb zwei Wochen führten die Mitglieder der Kommission umfangreiche Nachprüfungen aller Beweisstücke von den Akten durch, einschließlich die Aussagen der Zeuge, die nicht nur zu Protokoll, sondern auch auf Tonband aufgenommen wurden.

Bei den Ermittlungen holte die Kommission noch zusätzliche Beweistücke, die die Tatbestände der Verbrechen vom Direktor des Sowchose »Schwarzburg« Gabriel Grau, Erster Sekretär des Komitees des Kreises der Kommunistischen Partei Herrn Mark Wolf und anderen Personen in ihren Verbrechen überführten.

Die Kommission hatte sehr gerecht und gesetzmäßig gehandelt.

Für das Begehen des Diebstahls wurden Direktor des Sowchose »Schwarzburg« Gabriel Grau und alle anderen Mittäter vor Gericht gestellt und verurteilt.

Der Erste Sekretär des Komitees des Kreises der Kommunistischen Partei Mark Wolf wurde seiner Amtsführung wegen des Amtsmissbrauches enthoben.

Die meisten Direktoren der Sowchose, die Vorsitzende der Kolchose und alle andere Leiter der Unternehmen sowie der größte Teil der erwachsenen Bevölkerung des Kreises fühlten sich von seiner ausbeuterischen scheußlichen Politik befreit und hatten die Entlassung von Mark Wolf mit Freude wahrgenommen und richtig gefeiert.

Es wurde ein heimtückischer Tyrann entmachtet und die Menschen feierten mit voller Freude.
Weil gerade solche die abscheuliche barbarische Politik der Kommunistischen Partei durchgesetzt hatten.

Obwohl Arno Erwin wegen der ungenehmigten Ermittlungen gegen den Ersten Sekretär des Komitees des Kreises der Kommunistischen Partei Mark Wolf in einen anderen Kreis versetzt worden war, bestellte er auf eigene Kosten im Restaurant das Essen und Getränke: Wodka, Kognak, Champagner für mehrere Personen und lud viele seine Freunde und Bekannte mit Familien zum Essen ein.

Sie aßen, tranken und tanzten bis in die Nacht. Aus freudetrunken sagte Arno Erwin, dass Mark Wolf jahrelang ihm und anderen Leuten böses Blut gemacht hatte; dass er sich jetzt wie ein Neugeborener fühlte; dass er ihn endlich loswerden und nicht mehr sehen wird.

Alle anderen Anwesende unterstützten ihn und mit ihren Toasten wünschten ihm das Beste für die Zukunft.

Als sie gut betrunken waren, sagte Arno Erwin: »Ich bestelle jetzt Musik von »Modern Talking« und »Boney M«. Die Anwesende waren erstaunt. Solchen Arno kannte weder seine Frau noch seine Freunde.

Sie tanzten Rock n Roll und Twist Dougie.

Arno war sehr betrunken und obwohl Alexander und Thomas Ring gar nicht anwesend waren, schrie er aus Freude: »Alexander, ihr habt mich gelernt, solche zeitgemäße Tanze zu tanzen!«

Nach dem Feiern fuhren sie nach Hause.

Am nächsten Tag bedankte sich Arno Erwin bei Alexander und Thomas Ring. Alexander antwortete ihm, dass sie einfach ihre Arbeit gemacht hatten. Für die Zukunft wünschten die beiden ihm alles Gute auf der neue Stelle im anderen Kreis.

Nach 8 Jahren begegneten sich rein zufällig Alexander und Arno Erwin im Hotel »Zentral« der Stadt Siebenzelt. Arno bestellte für zwei Personen das Essen und eine Flasche fünf Sternen Kognak aus Armenien in sein Zimmer und die beiden redeten über die vergangene Jahre.

Arno Erwin erzählte Alexander wie er wegen des Falls von Mark Wolf nachher noch einige Jahre von der Kommunistischen Partei verfolgt wurde.

Arno Erwin: »Einmal rief mich Mark Wolf an und sagte«: »Arno, ich weiß Bescheid, dass es damals deine Regung gewesen war, gegen mich zu ermitteln. Wusstest du nicht, dass mit der Ermittlung gegen Ersten Sekretär des Komitees der Kreises der Kommunistischen Partei schon von Anfang an ein verhängnisvolles Geschäft gewesen war.

Die Kommunistische Partei kann doch nicht ihre Protagonisten im Stich lassen. Wer soll dann ihre abscheuliche Ideen ins Leben umsetzen?«

Alexander: »Ich glaube, er hat schon recht gehabt. Ein ehrlicher Mensch kann solch eine Politik nicht durchsetzen, weil ihre Politik und die Tätigkeit der Kommunistischen Partei verbrecherische sind.«

Arno Erwin bedankte sich nochmal bei Alexander für seine Treue zu ihm.

Und Alexander sagte: »Arno, 6. Jahre arbeiteten Sie als Chef der Kreispolizei vom Kreis »Maibach« und Sie waren mein Vorgesetzte gewesen.
Mit Ihrer Professionalität dienten Sie als Beispiel nicht nur für mich, sondern auch für viele andere Untergestellte.

Allezeit handelten Sie unbestechlich, ehrlich, gerecht. Ihre Arbeit übten Sie immer auf Grund der Gesetze aus, ohne Ansehen der Personen, die eine Ausnahmestellung einnehmen; ohne Rücksicht auf die Familiarität, auf die Nationalität der Untergeordneten und der anderen Bürger, einschließlich Verunglückte, Opfer, Beschuldigte usw..

Niemals nutzten Sie die geistigen und die körperlichen Fähigkeiten und Kenntnissen der Untergeordneten aus, um eigene Vorteile zu ziehen und Ihre eigene Karriere, nämlich ihr berufliches Vorwärtskommen, zu beschleunigen.

Mit Rat und Tat halfen Sie allezeit den Untergeordneten bei den Ermittlungen der Verbrechen, beim Erstellen der Verfahrensbeschlüsse und beim Treffen der richtigen Entscheidungen.

Ich glaube, die wertvolle Eigenschaften, wovon ich jetzt rede, und Ihre Barmherzigkeit machten Sie verständnisvoll beim Umgehen nicht nur mit Ihren Untergeordneten, sondern auch mit allen anderen Bürgern, einschließlich beim Treffen der richtigen Entscheidungen über die Bestrafung der Gesetzesbrecher.

Sie zeigten den Untergeordneten und anderen Bürgern über welche wertvolle Eigenschaften ein Chef der Kreispolizei verfügen sollte.

Von daher hatte ich ständig vor Ihnen großen Respekt gehabt.

Und ich glaube, dass Menschen, die über solche Eigenschaften nicht verfügen, beim Bestehen der entsprechenden Bedingungen sehr schnell zu Verbrechern sein werden können.

Es wird nicht umsonst gesagt, wenn man einen Mensch kennenlernen will, dann gib ihm viel Geld oder viel Macht.

Arno, mit Ihren Handlungen zeigten Sie uns, dass Sie damit umgehen können. Ich trinke auf Ihr Wohl!«

Es war ihre letzte Begegnung gewesen. Sie waren miteinander zufrieden und wünschten einander und ihren Familien alles Gute für die Zukunft

Viertes Buch

Aneignungen der Gelder
durch Kaufleute
des Einkaufszentrums

I

Nach dem Erhalt der Information über die Aneignung der Gelder vom Leiter des Warenlagers des Einkaufszentrums Richard Krebs führte Alexander mit seinem Inspektor Thomas Ring heimliche Ermittlung durch und sie stellten fest, dass Richard Krebs beim Einkauf der Rinder-, Schaf- und Pferdefellen von Kaufleuten der Sowchose und der Kolchose des Kreises die Waren in die niedrigen Sorten und in die niedrigen Qualitäten einstufte und dementsprechend bewertete er die Waren billiger als sie tatsächlich kosten und kaufte somit zu einem niedrigen Preis ein.

Danach werden die Waren von ihm mehrfach teurer, nämlich zu einem hohen Preis an Lederwarenfabrik verkauft. Aber die Beträge nach dem Verkauf der Waren werden auf das Konto des Einkaufszentrums überwiesen.

Deshalb konnte das Geld auf diesem Wege von Richard Krebs nicht angeeignet worden sein, weil sich die Geschäfte mittels Überweisungen an die Bank abwickelten.

Alexander und Thomas Ring mussten nun die Quelle der angeeigneten Gelder von Richard Krebs feststellen.
Hier hatte es sich um Millionen Rubel gehandelt. Und das zu beweisen, musste man sehr viel Arbeit leisten. Alexander erstellte Plan der Ermittlung.

Man sollte alle Kaufleute des Einkaufszentrums und große Zahl der Menschen, bei denen die Kaufleute Rinder- , Schaf- und Pferdefellen eingekauft hatten, ermitteln und sie als Zeuge verhören.

Unverzüglich sollten alle Rechenschaften von Richard Krebs für 7 Jahre seiner Tätigkeit als Leiter des Warenlagers, sowie Rechenschaften aller Kaufmänner für denselben Zeitraum aus dem Archiv der Buchhaltung des Einkaufszentrums beschlagnahmt werden.

Alle Arbeitsräume, in denen Rinder- , Schaf- und Pferdefellen von Richard Krebs und von den Kaufmännern des Einkaufszentrums aufbewahrt werden, versiegeln und die Durchführung der Inventur der Rinder- , Schaf- und Pferdefellen verordnen.

Alexander verstand, dass man ohne die Durchführung der dokumentarischen Revision der Rechenschaften des Leiters des Warenlagers Richard Krebs bei ihm das Manko und die Überschüsse der billigen sowie der teuren Fellen nicht feststellen kann; dass man das gerade durch die dokumentarischen Revision bei der Wiederherstellung der Menge der Rinder- , Schaf- und Pferdefellen nach Sorten und ihren Preisen beim Einkauf und der Menge der Rinder- , Schaf- und Pferdefellen nach Sorten und Preisen beim Verkauf ermitteln kann; dass die mengenmäßigen und die summarischen in Preisen bewertenden Bestandsaufnahmen der Rinder- , Schaf- und Pferdefellen nach den ursprünglichen Einkaufs- und Verkaufsliefererscheinen bzw. Rechnungen aller Kaufleuten des Einkaufszentrums und des Leiters des Warenlagers Richard Krebs wiederhergestellt werden sollten.

Dabei sollten die Revisoren während der dokumentarischen Revision eine klare Schlussfolgerung über Manko bzw. Überschüsse der oben genannten Waren in

Mengen mit ihren Sorten und Preisen aufgrund der Einkaufsquittungen der Kaufleuten, der Rechenschaften von Richard Krebs und den Daten von Lieferscheinen und Rechnungen der Lederwarenfabrik ziehen.

Außerdem laut einer Information, die Alexander von einem Informanten bekommen hatte, gab Richard Krebs einen Teil von den angeeigneten Gelder weiter an Direktor des Einkaufszentrums Manuel Schwind ab. Und der letzte gäbe einen Anteil davon jeden Monat Mark Wolf ab.

Als Alexander die Information über Aneignungen der Gelder des Direktors des Einkaufszentrums Herr Manuel Schwind für den Erster Sekretär des Komitee der Kommunistischen Partei des Kreises »Maibach« Herr Mark Wolf bekommen hatte, beauftragte er seinen Inspektor Thomas Ring eine Geliebte von Richard Krebs anzuwerben, um mehr und mehr Auskünfte über das vertraute Umfeld von Richard Krebs und mit ihm sehr nahe stehenden Personen festzustellen.

II

Heike Frenzel und Sandra Kappe arbeiteten nach einer Berufsausbildung zusammen bei einer Firma als Schneiderin. Bereits an Werktagen verabredeten sich die beiden am Samstag bei schönem Wetter zum Strand zu fahren.

Am Samstag morgens um 10 Uhr holte Heike Sandra ab und sie fuhren zu zwei zum Strand. Unterwegs fing Sandra an, mit Heike über Richard Krebs zu reden.

Sandra: »Heike, wann hattest du zum letzten Mal Richard Krebs getroffen?«

Heike: »Als wir zum letzten Mal mit Richard und anderen Jungs im Restaurant gefeiert hatten, gefiel es mir nicht, wie er uns behandelt hatte. Seither habe ich keine Lust mehr auf Rendezvous mit ihm.«

Sandra: »Weißt du, mir ist das egal. Vergesse nicht, dass er verheiratet ist. Und mit uns vergnügt er sich nur. Er kann doch nicht uns alle heiraten.«

Heike: »Als Mann gefällt er mir. Er ist hoch, schlank, stark, sehr gut im Bett und kann gute Geschenke machen.«
Sandra: »Ich empfinde für ihn gar nichts. Das empfehle ich auch dir. Ich bin der Ansicht, dass man für solche Männer besser keine Gefühle der Liebe empfinden sollte. Solche Subjekte können nicht lieben. Wenn man sich in solch einen Mensch verliebt, dann wird man der unglücklichste Mensch sein.«

Heike: »Warum hast du solche Meinung?«

Sandra: »Ja, überlege dir doch, ob ein Mann jede Frau, mit der er schläft, lieben kann. Und er schläft mit uns allen. Zurzeit fickt er sogar die Schülerin von der zehnten Klasse Rita Schäfer und Angelika Brand. Du kennst sie vielleicht?
Die blonden Mädchen sehen sehr hübsch aus. Sie sind auch miteinander befreundet. Sowohl Rita als auch Angelika sind noch minderjährige.
Brauchen die Mädchen seine Liebe?
Ich glaube, nein. Hauptsache ist für sie auch nicht das Ficken, sondern teure Geschenke von ihm zu bekommen und den anderen Mädchen zu zeigen, dass sie einen echten Kavalier haben.«

Heike: »Wo nimmt er so viel Geld? Jeder Frau, die er vögelt, Geschenke zu machen.«

Sandra: »Erinnerst du dich an das letzte Feiern im Restaurant? Er nahm aus der Tasche seines Anzuges mehrere Geldscheine heraus, verstreute sie und schrie, ich kaufe alles und euch auch.
Und danach willst du noch für solch ein Subjekt Gefühle der Liebe empfinden. Vergesse das besser! Solange er dich vögeln will, nutze das und kriege von ihm dafür gute Geschenke.«

Heike: »So! Wir sind jetzt angekommen. Komm, gehen wir schwimmen.«

Beim Schwimmen fuhr Sandra mit der Rede fort: »Heike, ich glaube, er hat sich im Diebstahl mit großem Ausmaß verwickelt. Sowas kann nicht fortdauern, weil dadurch irgendwelche Leute, die er bestehlt, unzufrieden sein werden.«

Heike: »Sandra, lassen wir das Thema, sonst kann jemand etwas mitkriegen. Da sind viele Leute.«

Sandra: »Weiß doch sowieso niemand von wem die Rede ist. Vor einer Woche waren ich und meine Schwester Olga zu zwei zum Baden am »Maibachfluss«. Nach dem Baden zogen wir uns im Gebüsch um.
Wir wollten schon nach Hause fahren.
Im Moment ist Richard Krebs mit Auto gekommen. Du wärest niemals darauf gekommen, wer mit ihm mitgekommen war.«

Heike: »Wer denn?«

Sandra: »Kennst du die Beamtin von der Kreisverwaltung Frau Marianne Kaya?«

Heike: »Ja. Sie ist sehr hübsche, attraktive Frau. Sie ist auch verheiratet und hat eine Familie.«

Sandra: »Na und?« Das stört doch nicht.«

Heike: »Und was haben sie dort gemacht?«

Sandra: »Heike, du bist aber einfältig oder tust nur so, als ob du es nicht verstehst. Was macht er denn mit uns, wenn wir uns mit ihm irgendwohin absondern.«

Heike: »Habt ihr alles mitgekriegt?«

Sandra: »Wenn wir das Gebüsch verlassen hätten, dann hätten die beiden uns gesehen. Somit mussten wir im Gebüsch bleiben und die ganze Szene angucken.«

Heike: »Und was habt ihr gesehen?«

Sandra: »Stell dir vor, alles. Die beiden stiegen aus dem Auto. Er nahm aus dem Auto die Decke, auf der ich mit ihm schon auch einmal Liebesakt hatten, mit und sie gingen zum Gebüsch, wo wir waren, aber nebenan legte er die Decke auf den Erdboden.

Es geschah daneben, sodass wir alles mit gesehen hatten. Auf ihr war der Morgenrock. Es war gegen 10 Uhr morgens. Wahrscheinlich hat sie ihn Zuhause erwartet. Ihr zotteliges Haarbüschel zerzaustes Haar machte sie noch sexy.

Im Nu zog sie ihren Rock aus und stand vor ihm ganz nackt. Sie half auch ihm sich auszuziehen. Er legte sich mit dem Rücken auf die Decke und sie setzte sich auf seine Oberschenkel.

Danach streichelte sie mit ihren Handflächen seine Brust und sein Bauch.

Er armte sie am Becken um und setzte sie auf Genitalienbereich. Sie hielt ihn mit ihren Händen an seiner Brust und schmiegte sich kraftvoll an ihn. Er küsste sie auf die Brust, auf die Brustwarzen, auf die Lippen.

Die beiden schmiegten sich weich mit ihren Genitalien aneinander, sodass das Anschmiegen allmählich zu krampfhaften geworden war und die zwei nach einer Weile vom Orgasmus stöhnten.«

Heike: »Das heißt, dass ihr die beiden beim Geschlechtsverkehr beobachtet habt?«

Sandra: »Das ist so passiert. Wir konnten das Gebüsch nicht verlassen, andernfalls hätten sie uns gesehen. Deshalb mussten wir im Gebüsch bleiben. Und wir haben sogar ihre Genitalien gesehen. Nach dem Stöhnen lag sie noch eine Weile auf ihm und küsste ihn auf die Brust.

Anschließend gingen sie ins Wasser zum Baden. In dem Moment konnten wir davon unbemerkt weglaufen.«

Heike: »Soweit ich weiß, ist Frau Marianne Kaya mehr als zehn Jahre älter als er.«

Sandra: »Du hättest ihren Körperbau sehen sollen. Ich war von ihrem sehr gut gebautem Körper und der braunen Haut, die sie vergöttlichen, entzückt.

Ihre Busen sehen nicht so aus, als ob sie Säuglinge gestillt hatte. Sie hängen nicht herunter, sondern sie sehen emporragen, wie bei jungen Mädchen aus.«

Heike: »Und wie Marianne Kaya hübsch und attraktiv ist, weiß jeder. Sie sieht wie Königin von Israel Salome aus. Wenn er mit mir Geschlechtsakt hat, will er das ich ebenso rittlings auf ihm sitze.

Mit seinen Handflächen streichelte er dann meine Brus, mein Bauch, mein Schulterblatt, meine Taille, mein Becken und meine Oberschenkeln, man kann sagen den ganzen Körper. Gleichzeitig küsst er mich auf die Brust und auf die Brustwarzen.«

Sandra: »Wahrscheinlich macht er das mit jeder Frau so und dann braucht er nicht so viele Kräfte aufzubieten, weil wir uns selbst mehr anstrengen.«

Heike: »Möglicherweise hast du Recht.«

Sandra: »Lass dir mal durch den Kopf gehen, wie viel Geld er ausgibt, um allen seinen Geliebten Geschenke zu machen. Mir hat es nicht gefallen, wie er sich im Restaurant benommen hatte. Kennst du die Leute, die mit ihm im Restaurant waren?«

Heike: »Uwe Lammert und Joseph Kleck sind Kaufmänner vom Einkaufszentrum. Sie kenne ich gut. Sie sind bescheidene Leute. Die andere zwei arbeiten nicht im Einkaufszentrum. Das sind Willi Ricke und Heinz Menke.

Die beiden wohnen in »Maibach« und sind mehrmals vorbestraft. Besonders Willi Ricke ist sehr frech, unverschämt und dreist.
Solche Personen im Bekanntenkreis zu haben, sagt ebenso etwas über negative Einstellung von Richard Krebs.«

Heike: »Ich finde, dass das Gesagte über Wille Ricke auch zu Richard Krebs passt. Er ist genauso frech, unverschämt und dreist. Wir wollen das nicht merken, weil wir ebenso seine Geliebte sind und dafür Geschenke von ihm bekommen.«

In der Tat war Sandra Informantin von Thomas Ring und ihre Aufgabe war Informationen über die Lebensweise von Richard Krebs, von seinen Geliebten und seinen Freunden zu sammeln und das Herausgefundene weiter an Thomas Ring zu geben.

III

Michael Tischler, Peter Vogel und Reiner Schaub waren schon 5 Jahre als Einkaufsmänner beim Einkaufszentrum beschäftigt.

Die drei waren nicht nur Kollegen, sondern waren auch miteinander befreundet und ihre Familien standen in Verbindung zueinander, nämlich machten einen Bekanntenkreis aus.

Oft redeten sie miteinander über die Arbeit beim Einkaufszentrum. Aus ihrer Sicht war dort nicht mehr möglich gewesen, zu arbeiten.

Erfahrungsgemäß fing Alexander mit dem Verhör der zuletzt eingestellten Kaufmänner Michael Tischler, Peter Vogel und Reiner Schaub an.

Michael Tischler: »Jeden Monat kaufte ich bei den privaten Haushalten gegen Bargeld einige landwirtschaftliche Produkte bzw. Ware und einschließlich Rinder-, Schaf- und Pferdefell ein.

Warum lege ich mein Akzent auf Rinder- , Schaf- und Pferdefell? Weil dadurch uns eine Möglichkeit gegeben wurde, aus dem Bargeld, das wir zum Einkaufen dieser Waren aus der Kasse des Einkaufszentrums bekommen hatten, einen Teil davon an uns anzueignen.

Beim Einkaufen der Rinder- , Schaf- und Pferdefellen stufte ich mit der Absicht die Sorte bzw. die Qualität der oben genannten Fellen in eine niedrige Sorte bzw. in eine niedrige Qualität ein und dementsprechend bewertete ich die Ware, sodass ich den Verkäufern dieser Produkte bzw. dieser Ware weniger Geld auszahlen musste.
Auf solche Weise betrog ich die Leute, die mir die Produkte bzw. die Ware verkauft hatten.

50% vom Bargeld, das ich aus der Kasse des Einkaufszentrums für den Einkauf von Rinder-, Schaf- und Pferdefelle bekommen hatte, musste ich an unseren Leiter des Warenlagers Herrn Richard Krebs abgeben.

Vom Rest, der 50% ausmachte, eignete ich 20% mir an, weil ich auch Familie habe, die ich ernähren muss.

Gegen das andere Bargeld, das 30% ausgemacht hatte, kaufte ich Rinder- , Schaf- und Pferdefell ein.

Um danach vom Bargeld, das 30% ausgemacht hatte und für den Einkauf der Ware tatsächlich ausgegeben wurde, auf die Summe von 100% zu kommen, damit ich keine Verluste erleiden würde, bewertete ich beim Einkauf von den Leuten der Rinder- , Schaf- und Pferdefellen am meisten als Felllappen.

Wenn ich sie nicht als Felllappen eingestuft habe, weil die Produkten von sehr guter Qualität waren, dann stufte ich sie trotzdem als niedrige Sorte ein und adäquat bewertete ich sie auch.

Das heißt, dass man die Waren, die zu den besten Sorten bzw. zu den besten Qualitäten gehörten, als Waren der erstklassigen Sorte bzw. Qualität bewertet hatte; dass man die Waren, die zu den erstklassigen Sorte bzw. Qualität gehörten, als Waren der zweitklassigen Sorte bzw. Qualität bewertet hatte und; dass man die Waren, die zu den zweitklassigen Sorte bzw. Qualität gehörten, als Waren der drittklassigen Sorte bzw. Qualität oder sogar als Felllappen eingestuft und bewertet hatte.

Wie habe ich das geschafft?
Den Leuten, die die Ware an mich verkauften, erstellte ich Einkaufsquittungen aus, in denen ich möglichst niedrige Sorte der Ware mit jeweiligen Preisen einsetzte.
Nach dem Einkaufen erstellte ich für meine Rechenschafte auf erdichte Personen Einkaufsquittungen, in die ich die Ware mit richtiger Sorte und dementsprechenden Preisen eintrug, sodass ich, wie gesagt, von 30% auf 100% des Bargeldes gekommen war.

Mit meinem Beispiel zeige ich, wie das gemacht worden war. Zum Beispiel bekam ich aus der Kasse des Einkaufszentrums 10 000,00 Rubel für den Einkauf der Rinder- , Schaf- und Pferdefellen.
Ich kaufte 250 Stück Rinderfellen von 3 Sorte mit einem Preis für durchschnittlich je nach Qualität 5,50 Rubel ein, die in der Tat zu besten Sorten gehörten und je Stück bis 22,00 Rubel kosteten.

250 Stück * 5,50 Rubel = 1375,00 Rubel (Das Bargeld zahlte ich an die Verkäufer).

Nachher erstellte ich vor der Abgabe der Rechenschaften andere Einkaufsquittungen für diese Waren auf erdichte Personen mit dem durchschnittlichen Preis von 20,00 Rubel.
250 Stück * 20,00 Rubel = 5000,00 Rubel
Die Differenz von 3625,00 Rubel blieb übrig und damit deckte ich einen Teil vom angeeigneten von mir Geld.

Außerdem kaufte ich Rinderlappen 700 Stück für je bis 2,50 Rubel ein, die in der Tat zu zweite Sorte gehörten und je Stück durchschnittlich 8,00 Rubel kosteten.
700 Stück * 2,30 Rubel = 1610,00 Rubel (Das Bargeld zahlte ich an die Verkäufer).

Anschließend erstellte ich auch vor der Abgabe der Rechenschaften Einkaufsquittungen für diese Waren auf erdichte Personen mit dem durchschnittlichen Preis von 7,20 Rubel je 1. Stück.
700 Stück * 7,20 Rubel = 5040,00 Rubel
Die Differenz von 3430,00 Rubel blieb übrig und damit deckte ich einen Teil vom angeeigneten von mir Geld.
Insgesamt waren 7055,00 Rubel übrig geblieben. Davon 5000,00 Rubel gab ich an Leiter des Warenlagers Richard Krebs und 2055,00 Rubel eignete ich an mich.«

Peter Vogel: »Bei mir war es genauso gewesen. Einmal wollte ich Richard Krebs das Geld von 50% nicht zahlen, dann waren zu mir nach Hause seine Kumpel Willi Ricke und Heinz Menke gekommen.

Die beiden drohten mir mit Verletzungen, falls ich die Zahlung von 50% vom Bargeld an Richard Krebs verweigern werde.

Sie sagten, dass ich dann noch mehr zahlen werde; dass sie mich auf Zähler stellen werden. Mit den Fälschungen der Einkaufspapieren machte ich ebenso.«

Auf den Zähler setzen hatte ebenso eine umgangssprachliche Bedeutung, wonach die Forderungssumme von den Verbrechern verzinst worden waren.

Reiner Schaub: »Für den Einkauf der landwirtschaftlichen Produkte von den privaten Haushalten bekam ich aus der Kasse des Einkaufszentrums dreimal im Monat Bargeld.

Das waren insgesamt bis 10000 bzw.12000 Rubel jeden Monat. Davon musste ich 50% dem Leiter des Warenlagers Richard Krebs abgeben.

Ich kaufte Schafwolle, Honig, Sonnenblume, Kartoffel, Tomaten, Zwiebel und auch Rinder-, Schaf- und Pferdefell ein.

Rinder- , Schaf- und Pferdefell musste jeder Kaufmann einkaufen. Diese Produkte kaufte dann bei uns der Leiter des Warenlagers Richard Krebs ein. Nur beim Einkaufen der Rinder-, Schaf- und Pferdefellen konnte man mit den Preise manipulieren, sodass man das Bargeld, das man an Richard Krebs abgegeben hatte, decken konnte.

Richtig wäre gesagt, dass man mit den Preisen manipulieren musste. Sonst hätte man Verluste erlitten.

Wie jeder Kaufmann stufte ich beim Einkaufen die Sorte bzw. die Qualität der oben genannten Fellen in eine niedrige Sorte und von schlechter Qualität ein, damit ich dann die Ware mit billigen Preisen bewerten konnte. Infolgedessen zahlte ich den Verkäufern dieser Produkte bzw. Ware weniger Geld aus.

Beim Einkaufen erstellte ich Einkaufsquittungen und einen Exemplar gab ich an Verkäufer der Produkte ab.
So betrog ich die Leute, die mir die Produkte verkauft hatten.

Manche Verkäufer sagten, dass sie die Quittungen nicht brauchten, dann erstellte ich überhaupt keine Einkaufspapiere.
Sie bekamen von mir für ihre verkaufte Waren Bargeld und verlangten von mir keine Einkaufspapiere.

Ich habe Familie und muss sie ernähren. Offiziell war unser monatlicher Lohn ganz niedrig bis 100 Rubel. Deshalb eignete ich vom Rest von 50% die Hälfte mir an.

Gegen das andere Bargeld, das 25% ausgemacht hatte, kaufte ich Rinder- , Schaf- und Pferdefell ein.

Ich musste doch meine persönliche Ausgaben und die 50% vom Bargeld, das ich an Richard Krebs jeden Monat abgegeben hatte, decken, nämlich, um vom gebliebenen Bargeld von 25% für den Einkauf der Waren auf 100% zu kommen, stufte ich beim Einkauf von privaten Haushalten der Rinder- , Schaf- und Pferdefellen die Sorte und die Qualität niedriger ein und dementsprechend machte ich auch die Preise niedriger.

146

Am meisten bewertete ich sie als Felllappen.

Die Methode war bei jedem Kaufmann die gleiche. Der Unterschied bestand nur darin, dass jeder Kaufmann die Preise mit verschiedenen Prozenten manipuliert hatte. Es hing davon ab, wie viel Geld man an sich angeeignet hatte.

Das Bargeld von 50%, das man an Richard Krebs abgeben musste, zähle ich nicht. Das Geld musste man sowieso ihm abgeben, sonst hätte er beim Einkaufen der Waren von mir irgendwelche Problemen mir gemacht.«

Alexander: »Herr Schaub, Sie sagen, dass sie wie jeder Kaufmann beim Einkaufen die Sorte bzw. die Qualität der oben genannten Fellen in eine niedrige Sorte und von schlechter Qualität eingestuft hatten. Woher wussten Sie wie die andere Kaufmänner gemacht hatten?«

Reiner Schaub: »Wir hatten uns darüber unterhalten und oft gemeinsam die Rechenschaften erstellt und an einem Tag an die Buchhalterin Frau Christa Jüte abgegeben.

Also, die Waren, die zu den besten Sorten mit bester Qualität gehörten, schätzte ich als Waren der erstklassigen Sorten bzw. Qualität ein und adäquat gab ich den Preis an; die Waren, die zu den erstklassigen Sorten bzw. Qualität gehörten, stufte ich als Waren der zweitklassigen Sorten bzw. Qualität ein und so bewertete ich sie; und die Waren, die zu den zweitklassigen Sorten bzw. Qualität gehörten, stufte ich als Waren der drittklassigen Sorten bzw. Qualität oder sogar als Felllappen ein und dementsprechend bewertete ich sie, nämlich fast jedes Mal bewertete ich die Waren mit Preisen der niedrigen Stufen.

Den Verkäufern der Ware erstellte ich Einkaufsquittungen, in denen ich möglichst niedrige Sorte der Ware mit jeweiligen Preisen einsetzte.

Bei den Abgaben der Rechenschaften erstelle ich auf ausgedachte Personen Einkaufsquittungen, in die ich die Waren mit höheren Sorten und dementsprechenden Preisen eintrug, sodass ich, wie gesagt, von 25% auf 100% des Bargeldes kommen konnte.

Wenn man 50% vom Bargeld an Richard Krebs abgegeben hatte, dann machte er keine Problemen beim Einkaufen der Waren von mir.

Buchhalterin Frau Christa Jüte half mir bei den Abgaben der Rechenschaften, sodass die gesamte Summe der Preisen beim Einkaufen von Rinder- , Schaf- und Pferdefell dem erhaltenen für den Einkauf der Waren Bargeld aus der Kasse übereinstimmte.«

Alexander: »Womit half Christa Jüte ihnen?«

Reiner Schaub: »Wenn die gesamte Summe mit dem erhaltenen aus der Kasse Bargeld nicht übereinstimmte, half sie andere Einkaufsquittungen zu erstellen, nämlich, sodass die gesamte Summe von aller Einkaufsquittungen mit dem gesamten erhaltenen Bargeld übereinstimmen hatte.«

IV

Nach der Vernehmung von Michael Tischler, Peter Vogel und Reiner Schaub entschied sich Alexander die eingeplanten Maßnahmen der Ermittlungen ohne Verzug zu realisieren.

Zuerst, sollte der Leiter des Warenlagers Richard Krebs vernommen werden. Nach dem Verhör sollten seine Arbeitsräume durchgesucht werden.

Zugleich sollten Kaufmänner – Uwe Lammert und Joseph Kleck verhört werden. Die beiden arbeiteten in Maibach und standen auf gutem Fuß zu Richard Krebs.

Ihre Arbeitsräume sollten ebenso durchgesucht werden. Alexander verdächtigte die beiden, auf die Bitte von Richard Krebs falsche Einkaufsquittungen auf erdichte Personen erstellt zu haben, nach denen angeblich große Menge Rinder- , Schaf- und Pferdefellen von erstklassiger Sorte und beste Qualität mit hohen Preisen eingekauft wurden.

Diese Menge der Waren hatte in der Tat Richard Krebs als Felllappen oder mit drittklassige Sorte und schlechter Qualität von Kaufleuten der Sowchose und der Kolchose eingekauft.

Aus eigener Erfahrung wusste Alexander, dass er selbst die Buchhalterin – Christa Jüte vernehmen und ihren Arbeitsplatz durchsuchen soll, weil sich kein anderer Fachmann vom Einkaufszentrum so gut wie sie in den eingekauften und den verkauften Rinder- , Schaf- und Pferdefellen und in den Rechenschaften ausgekannt hat.

Es sollten hunderte Personen, auf dessen Namen die Einkaufsquittungen erstellt worden waren, festgestellt und als Zeuge vernommen werden.

Um richtig die Wiederherstellung der Menge der eingekauften und der Menge der verkauften Rinder- , Schaf- und Pferdefellen nach ihren Sorten, Qualität und Preisen durchzuführen, sollte man den Revisoren die Rechenschaften der Kaufleute der Sowchose und der Kolchose vorlegen.

Unverzüglich sollten aus der Buchhaltung des Einkaufszentrums alle Rechenschaften vom Leiter des Warenlagers Richard Krebs und von den Kaufleuten des Einkaufszentrums für 7. Jahre der Beschäftigung von Richard Krebs beschlagnahmt und die Durchführung der dokumentarischen Revision verordnet werden.

Alexander, Thomas Ring und Kriminalisten, die zum Einsatz kamen, arbeiteten Tag und Nacht und führten innerhalb einer Woche alle eingeplanten und im nötigenfalls noch außer der Reihe auftauchende Untersuchungsmaßnahmen durch.

Alle Kaufleute des Einkaufszentrums und große Zahl der Menschen, bei denen die Kaufleute Rinder- , Schaf- und Pferdefellen eingekauft hatten, wurden als Zeuge verhört.

Alle Rechenschaften von Richard Krebs für 7 Jahre seiner Tätigkeit als Leiter des Warenlagers, sowie Rechenschaften aller Kaufmänner für den Zeitraum wurden aus dem Archiv der Buchhaltung des Einkaufszentrums beschlagnahmt.

Alle Warenlager mit eingekauften Rinder- , Schaf- und Pferdefellen von Richard Krebs und von den Kaufmännern wurden versiegelt und es wurde mit der Durchführung der Inventur begonnen.

Die Durchführung der dokumentarischen Revision der Rechenschaften des Leiters des Warenlagers Richard Krebs war schon im vollen Gang.

Die Aufgabe der Revisoren war eine klare Schlussfolgerung über Manko bzw. Überschüsse der oben genannten Waren in Mengen mit ihren Sorten, Qualität und Preisen aufgrund der Einkaufsquittungen der Rechenschaften der Kaufleuten des Einkaufszentrums, der Rechenschaften von Richard Krebs und den Daten der Inventur, der Rechenschaften von Kaufleuten der Sowchose und der Kolchose sowie der Daten von Liefererscheinen und Rechnungen der Lederwarenfabrik zu ziehen.

Vernommene Uwe Lammert und Joseph Kleck gestanden falsche Einkaufsquittungen auf erdichte Personen erstellt zu haben, nach denen sie angeblich große Menge Rinder- , Schaf- und Pferdefellen von erstklassiger Sorte und beste Qualität mit hohen Preisen von Einwohnern des Kreises »Maibach« eingekauft hätten.

Diese Menge hatten sie in der Tat nicht eingekauft. Die Quittungen wurden auf Bitte von Richard Krebs erstellt.

Von den Summen der Preisen für die angegebene Waren gaben sie jedes Mal 70% von ihrem Bargeld, das sie aus der Kasse des Einkaufszentrums für den Einkauf der Rinder- , Schaf- und Pferdefellen bekommen hatten, an Richard Krebs ab und 30% eigneten sie sich an.

Binnen kurzer Zeit klärten die Revisoren bei der Durchführung der dokumentarischen Revision auf, dass beim Einkauf von Kaufleuten der Sowchose und der Kolchose 88% der Rinder- , Schaf- und Pferdefellen als Felllappen und der Rest von 12% als Ware der drittklassigen Sorte eingestuft und bewertet wurden.

Und nach den Rechenschaften von Richard Krebs und der Menge der Rinder- , Schaf- und Pferdefellen, die während der Inventur aufgenommen wurden, zeigten sich Manko 70% an niedrigen Sorten und Überschüsse von 80% an erstklassiger Sorte und beste Qualität mit hohen Preisen.

Aufgrund der Beweisstücke, die jetzt zur Verfügung standen, entschied sich Alexander zur Festnahme und zur vorläufigen Verhaftung von Richard Krebs.

Heike rief Sandra an: »Sandra, hast du gehört, Richard Krebs wurde verhaftet?«
Sandra: »Ja. Mir hat gestern Paula Bange gesagt.«

Heike: »Woher weiß denn Paula Bange das?«
Sandra: »Paula Bange und ihre Schwester Leticia Bange sind auch Geliebte von Richard Krebs.«

Heike: »Meinst du?«
Sandra: »Das ist nicht meine Meinung. Ich weiß es Bescheid. Paula hatte mir oft erzählt über Sex mit Richard Krebs, dass er ein Mann der Tat ist."

»Er ist nicht nur ein starker Mann im Bett, sondern kann auch gute Geschenke dafür machen,« sagte sie.

Heike: »Was für Geschenke?«

Sandra: »Paula hatte mir einmal erzählt, dass Richard Krebs ihr und ihrer Schwester Leticia Bange Pelzmantel geschenkt hatte.«

Heike: »Wofür hatte er Leticia Pelzmantel geschenkt?«

Sandra: »Weil sie auch seine Geliebte ist.«

Heike: »Wo arbeiten die beiden? Sind sie nicht verheiratet?«

Sandra: »Paula arbeitet als Instruktorin bei der Kreisverwaltung und Leticia ist als Verkäuferin beim Kreiskaufhaus beschäftigt.«

Heike: »Gerade erinnere ich mich an Pelzmantel als Geschenk von Richard Krebs. Er hatte doch einen Pelzmantel der Kellnerin vom Restaurant Petra Haug geschenkt. Die Frau stammt aus »Schwarzburg«. Petra ist schon lange Geliebte von Richard Krebs.«

Sandra: »Ich kenne sie nicht.«

Heike: »Petra Haug kennen viele Männer. Wenn sie weiß, dass jemand von Männern Geld hat, dann macht sie von solch einer Gelegenheit Gebrauch und schläft mit solchen Männern.

Sollte irgendeiner Wohlhabender von dienstlich herbeordernden bei ihr zum Frühstück, zu Mittag- oder Abendessen im Zimmer für Amtspersonen des Restaurant speisen, dann verabredeten sie sich zum Geschlechtsverkehr mit ihr im Hotel, wo die Besucher wohnen. Sie macht es mit ihnen gerne. Wie ich gehört habe, sie kennst sich auch gut im Bett aus, sie fickt die Männer selbst und nicht die Männer sie.

Dafür zahlen die Männer ihr gut. Ich kenne Beamte aus der Verwaltung, die im Sommer sogar in Arbeitszeit Petra mit Auto heimlich zum Baden am »Maibachfluss« gebracht hatten. Dort hatten sie mit ihr Liebesakte gehabt.«

Es wurden innerhalb zwei Monaten 27 Geliebten von Richard Krebs festgestellt und vernommen. Die Ausgaben für die Geschenke von Richard Krebs gingen in die dutzende Tausend Rubel.

Manche Geliebte und einschließlich Petra Haug waren sehr naiv, sie notierten in ihren Notizblocken alles über ihre Beziehung mit Richard Krebs.
Petra Haug hatte alle Freier, mit denen sie schlief, in ihren Notizblock eingetragen und zwar Datum, Orte, Geschenke von ihnen.

Beim Verhör sagte Petra Haug: »Ich machte es für den Fall, wenn ich schwanger würde, damit ich Bescheid wüsste, wer der Vater meines Kindes sein könnte.«
In ihrem Notizblock standen auch Datum und Orte der Geschlechtsakte sowie Geschenke von Freier und einschließlich von Richard Krebs.

Inzwischen stellten Alexander, Thomas Ring und noch drei Inspektoren, die Alexander zusätzlich zur Ermittlung eingesetzt hatte, mehr als 200 Menschen fest, die innerhalb der letzten 6 Monaten an verschiedene Kaufleute des Einkaufszentrums ihre Rinder- , Schaf- und Pferdefellen verkauft hatten.

Die Verkäufer legten den Inspektoren ihre Quittungen vor, die ihnen von den Kaufleuten beim Einkauf ausgehändigt wurden. Alle Quittungen gehörten zum ersten Exemplar und sie waren mit fortlaufenden Ziffern versehen, sozusagen nummeriert und auf diese Weise geordnet.

Alle Verkäufer wurden als Zeuge verhört.

Auf den Quittungen standen Preise für je Stück von 4,50 Rubel bis 6,00 Rubel für Einkauf der Rinderfellen von 2. Sorte und für Einkauf je Stück der Schaffellen der 3. Sorte standen Preise von 2,50 Rubel bis 4,00 Rubel.

Die Quittungen wurden von Alexander, Thomas Ring und anderen Inspektoren beschlagnahmt und an die Akte beigefügt.

In den Rechenschaften aller Kaufleuten des Einkaufszentrums wurden keine Quittungen des zweiten Exemplars dieser Nummer gefunden.

Die vernommene als Zeuge Kaufleute legten Geständnis ab, dass sie für ihre Rechenschaften andere Quittungen auf erdichte Personen erstellt hatten, in denen sie nach ihrem Belieben die Sorten und Preise für die eingekauften Fellen angegeben hatten.

V

In der Zelle waren drei Inhaftierte. Zwar grüßte Richard Krebs sie alle, aber nach den Gewohnheiten, die unter den Gefängnisinsassen galten, gab Richard Krebs als erster keinem die Hand. Manche Gewohnheiten lernte er von seinen Kumpeln Wille Ricke und Heinz Menke, die schon Freiheitsstrafe abgebüßt hatten.

Nach und nach näherte er sich dem Inhaftierten Frank Term an. Frank Term war gleichalterig und genauso wie Richard ein schweigsamer Mensch.

Frank Term gab sich für Hauptbuchhalter des Fleischkombinats aus, der vom Staatsanwalt wegen Aneignung des Vermögens und der Verfälschung der Rechnungsführung gegen Bestechungsgelder gemeinsam mit dem Direktor Christoph Schwarz verübt hatten und sollte jetzt angeblich per Etappe zum Kreuzverhör gebracht werden.

In der Tat stammte Frank Term aus einer anderer Stadt und hatte vor 4. Jahren eine Freiheitsstrafe wegen der begangenen Aneignung des Vermögens bei der Lederfabrik sowie wegen der Verfälschung der Rechnungsführung gegen Bestechungsgelder verbüßt.

Nach vier Tagen des Aufenthalts in einer Zelle vertrauten sich die beiden allmählich an, über ihre frevelhafte Sachen zu reden.

Sie haben einander keine Fragen gestellt, die die Tat des anderen betrafen, wie es aus Gewohnheit unter den Inhaftierten gemacht werden sollte.

Aber sie fragten einander über etliche Umstände, die zur eigenen Tat gehörten. Sie machten es mit heimlichen Andeutungen.

Zwar vertrauten sie sich an, aber sie gaben sich Mühe während ihrer Unterhaltung etwas über ihre Tat nicht preiszugeben.

Frank Term kriegte jedoch von ihm heraus, dass der Direktor des Einkaufszentrums Manuel Schwind, sein Vertreter Helmut Ameise und die Hauptbuchhalterin Barbara Brick ihm versprochen hatten, ihn aus dem Gefängnis herauszuholen.

Obwohl Helmut Ameise Vertreter des Direktors gewesen war, kaufte er auch gegen Bargeld Rinder- , Schaf- und Pferdefellen ein, die er dann an Richard Krebs verkaufen musste, weil nur er allein alle Waren an die Lederwarenfabrik verkauft hatte.

Manuel Schwind und Barbara Brick waren feigherzige Menschen und darum machte Richard Krebs sich Sorge, dass sie ihn beim Verhör verraten können.

Über den Begleitpolizist des Gefängnisses Martin Amen überreichte er eine Aufzeichnung an Wille Ricke, der sich mit dem Direktor des Einkaufszentrums Manuel Schwind und der Hauptbuchhalterin Barbara Brick treffen und ihnen erklären sollte, wie sie sich beim Verhör verhalten und welche Aussagen machen müssen.

Im schlimmsten Fall sollte Barbara Brick zugeben, dass sie während der Rechnungsführung Fehler gemacht hatte. Hingegen sollten die beiden auf keinen Fall eine Aneignung der Gelder, nämlich den Erhalt der Gelder von ihm eingestehen.

Von seinem Rechtsanwalt Herr Otto Schleich erfuhr er, dass seine Akten zur weiteren Untersuchung an Untersuchungsrichter Herr Theo Rau übergeben werden.

Barbara Brick, die angeblich seine gute Bekannte ist, sollte nun mit ihm Kontakt aufnehmen und mit ihm ein intimes Verhältnis eingehen.
Selbst Wille Ricke und Heinz Menke sollten die Freundschaftsbeziehungen mit ihm und das Schutzgelderpressen von den Kaufleuten verneinen.

Richard Krebs legte Geständnis ab, dass er sich hin und wieder ein paar dutzende Tausend Rubel von Kaufleuten Uwe Lammert und Joseph Kleck ausgeliehen hatte.

Das Geld gab er für Geschenke seiner Geliebten aus. Da er kein Geld hatte, konnte er es bis jetzt nicht zurückgeben.

Eine Woche später kam Wille Ricke abends im Dunkeln gegen 22. Uhr nach Hause zum Direktor des Einkaufszentrums Manuel Schwind.

Wille Ricke: »Herr Schwind, Richard Krebs grüßt Sie und richtet an Sie die Bitte auf keinen Fall eine Aneignung der Gelder von ihm einzugestehen, wenn Sie vom Untersuchungsrichter verhört werden.«

Manuel Schwind: »Von welchem Geld reden Sie überhaupt?«

Wille Ricke: »Wenn Richard Krebs mich beauftragt hatte, dann weiß er schon um welches Geld es sich handelt.«

Manuel Schwind: »Verschwinden Sie aus meinem Haus!«

Wille Ricke: »Ich verschwinde sowieso, aber ich warne Sie vor der Gefahr nicht nur für ihn, sondern auch für Sie, falls Sie Geständnis ablegen würden.«

Manuel Schwind wollte nicht zeigen, dass er ein Mittäter von Richard Krebs war.

Manuel Schwind: »Jetzt wollen Sie mich noch unter Drohung setzen?«

Wille Ricke: »Herr Schwind, ich drohe Ihnen nicht. Wie gesagt, ich wurde von Richard Krebs beauftragt, mit Ihnen zu reden.

Sollten Sie etwas verkehrt machen, dann werden wir Sie umbringen müssen. Es tut mir Leid. Sie können sich auf mich verlassen. Okay? Ich muss jetzt gehen.«

Wille Ricke verließ das Haus. Obwohl das Gespräch unter vier Augen stattgefunden hat, hat Manuels Ehefrau – Dorothee, die sich im anderen Zimmer befand, ihre Rede heimlich mitgehört.

Sie ging zu ihm ins Zimmer und ließ, ohne aufzuhören, mit Geschrei und Beleidigungen an ihm ihre Wut aus, sodass ihre Nachbarin Ulrike Kramer alles gehört hatte.

Dorothee: »Also, bist du in Wirklichkeit Mittäter von Richard Krebs?«

Manuel: »Na und? Willst du jetzt behaupten, dass du es nicht gewusst hattest? Jahrelang bekamst du von mir allmonatlich mehrere Tausende Rubel und jetzt machst du so, als ob du nichts gewusst hattest. Du bist eine Prostituierte.«

Dorothee: »Du hast mich selber zur Prostituierte gemacht. Hast du vergessen, wie ich auf deine Bitte mit dem Vorsitzenden des Vollzugsausschusses des Kreises Herrn Peter Feldmann geschlafen hatte?

Ich kann dich daran erinnern.
Vor zwei Jahren sagtest du: »Dorothee, Herr Peter Feldmann kann uns helfen, ein neues Auto zu kaufen. Komm, machen wir es so: Ich lade ihn nach Haus ein, wir machen ihn betrunken und dann verleitest du ihn zum Geschlechtsakt. Hast du es vergessen? Du beobachtest unsere sexuelle Handlungen und machtest heißblütig Fotos.

159

Mit ihnen hattest du ihn erpresst. Auf solche Weise zwangst du ihn, uns zu helfen, ein neues Auto zu kaufen.«

Manuel: »Du wolltest doch selber ein neues Auto haben. Das war doch deine Idee ihn in unsere Saune einladen, mit ihm baden und danach zum Geschlechtsverkehr anzulocken.

Du weißt ja, dass man von ihm einen Beschluss brauchte, um ein neues Auto zu kaufen. Wenn man im Sozialismus lebt, dann kann man nicht einfach auf dem Automarkt ein neues Auto kaufen. Man ist auf solche Leute angewiesen.«

Dorothee: »Und vor einem Jahr musste ich mich wieder auf deine Bitte unter ihn legen. Du ludst ihn nach Hause ein, machtest ihn berauscht. Im Rausche schlugst du mir vor, ihn zu verführen.

Ja, ich machte es gerne, weil du es mit mir nicht ganz richtig machst, du kannst doch niemals den Liebesakt vollziehen. Somit machst du deine schwäche wett.

Wieder musste ich mich und auch ihn im Rausche bis nackt ausziehen, ihn ins Bett verlocken und mit ihm schlafen.

Jedes Mal machtest du Fotos davon, so zusagen, du machtest unter Beteiligung deiner eigenen Ehefrau pornographische Fotos.«

Manuel: »Das hatten wir doch nicht umsonst gemacht. Er half uns eine neue kommunale Wohnung zu bekommen. Dir ist doch bekannt, dass man ohne seinen Beschluss eine neue, gute kommunale Wohnung nicht bekommen könnte.

Ohne Fotos hätte er später mit mir gar nicht mehr geredet und mehr noch, er hätte mich wegen Drohung und Verleumdung beschuldigt.«

160

Dorothee: »Manuel, und weshalb sollte ich vor 9 Monaten mit dem Vertreter des Vorsitzenden der Konsumgesellschaft des Gebiets Herr Albrecht Barsch schlafen?«

Manuel: »Herr Albrecht Barsch kennt sich sehr gut in der Buchhaltung, in der Tätigkeit der Kaufleute, in der Tätigkeit des Leiters des Warenlagers aus und wie die Rinder- , Schaf- und Pferdefellen nach Sorten und Preisen bewertet werden sollten.

Er weiß, wie man mittels der Durchführung der dokumentarischen Revision das Manko und die Überschüsse der Rinder- , Schaf- und Pferdefellen nach Sorten und Preisen ermitteln kann, wie man dadurch das Ausmaß der Aneignung der Gelder von Kaufleuten beim Einkaufen der oben genannten Waren feststellen und uns entlarven kann.
Deshalb hatte ich ihn zu uns nach Hause eingeladen, als er sich auf einer Dienstreise damals befunden hatte.
Und was weiter geschehen war, weißt du selbst. Auf meine Bitte hattest du mit ihm Sex gehabt und ich machte Fotos von euch.

Wie du siehst, benutze ich die Fotos jedes Mal für die Erreichung unseres gemeinsamen Zweckes.«

Manuel ließ den Kopf hängen, im Nu lief ihm durch den Kopf, dass Dorothee, die 175 Zentimeter große, schlanke, hübsche, attraktive, brünette Frau schon immer verlockend gewesen war, und; dass sie ihn seit Jahren mit vielen Männern und einschließlich mit seinem Vertreter Helmut Ameise betrogen hatte; dass sie es wahrscheinlich kaum erwarten könnte, ihn endlich loszuwerden.

Nach und nach brach Dorothee wieder einen Zank vom Zaune. Aber die beiden hatten drei Kinder und das hielt sie jahraus, jahrein von der Scheidung ab.

Dorothee: »Du Lumpengesindel hattest mich schon immer wie einen wertlosen Fetzen ausgeschlachtet, um deine Frevelgeschäfte zu decken oder deine tierische Bedürfnisse zu befriedigen.

Was verstehst du von Liebe? Soll ich so lange warten, bis du noch jemanden hergeleitet hast, mit dem ich schlafen würde und du uns fotografieren würdest?

Am nächsten Tag morgens fand Dorothee ihren Ehemann auf dem Dach ihres Hauses aufgehängt. Er erhängte sich.
Während der Durchsuchung der Wohnung von Manuel Schwind wurden die Fotos gefunden und beschlagnahmt.

VI

Richard Krebs traf sich mit seinem Rechtsanwalt Otto Schleich und erfuhr von ihm, dass Herr Manuel Schwind sich erhängt hat. Als Richard Krebs von ihm das gehört hat, überkam ihn der Schreck vom plötzlichen Tod des Menschen, mit dem er freundschaftliche Beziehungen hatte.
Einerseits, empfand er Mitleid für seine Ehefrau und seine Kinder, und andererseits, fühlte er Erleichterung sogar Freude davon, weil Manuel Schwind als Belastungszeuge sein könnte.

Im Nu fiel ihm ein Stein vom Herzen. Er kann sich jetzt etwas beruhigen. Es wird nicht umsonst gesagt: »Jeder ist sich selbst der Nächste.«

Als er in die Zelle gekommen ist, legte er sich auf seine Pritsche und lag tags- und nachtsüber ohne ein Wort mit jemandem zu sprechen. Am nächsten Tag morgens fing er an, mit Frank Term über den Tod von Manuel Schwind zu reden.

Richard Krebs: »Ich verstehe nicht, was passiert ist. Manuel Schwind hat sich jäh erhängt.«

Frank Term wusste von wem die Rede ist und trotzdem fragte er: »Wer ist Manuel Schwind?«

Richard Krebs: »Das war der ehemalige Direktor des Einkaufszentrums, wo ich gearbeitet hatte. Wir waren eng befreundet.
Er war ein netter, freundlicher Mensch, aber seine Frau Dorothee verlangte von ihm immer wieder eine Art vom Besonderen. Etwas bedrückte ihn schwer und ebendaher kümmerte er sich darum extra intensiv. Ich vermute er musste sogar jemandem heimzahlen.«

Auf mehr eröffnete sich Richard Krebs nicht und Frank Term stellte ihm keine Fragen, die auf ihn einen Verdacht lenken könnten, als ob er ein Denunziant wäre.
Schon ein Tag nach dem Tod von Manuel Schwind wussten Alexander und Thomas Ring alles über den Streit zwischen Manuel Schwind und seiner Gattin Dorothee.

Ulrike Kramer hatte das Geschrei den beiden mitgehört und Thomas Ring darüber informiert.

Thomas Ring: »Alexander, Mark Wolf ist ein Sonntagskind. Der Mittelsmann zwischen Richard Krebs und Mark Wolf ist Tod. Man kann die Schuld von Mark Wolf an Geldaneignung vom Einkaufszentrum nicht beweisen. Das kommt gar nicht mehr in Frage, weil es keine Zeuge sowie andere Beweisstücke dafür gibt.«

Alexander: »Da hast du Recht. Wir hatten Manuel Schwind nicht einmal verhört.«

Thomas Ring: »Alexander, warum hatten wir ihn nicht vernommen?«

Alexander: »Bis jetzt haben wir keine Beweisstücke, mit denen man ihn an Aneignung der Gelder gemeinsam mit jemandem von Mitarbeitern des Einkaufszentrums, einschließlich Richard Krebs entlarven könnte.

Wenn man kein Beweismaterial hat, dass Manuel Schwind oder jemand Anderer ein Mittäter ist, dann besser das Verhör verschieben und die Suche nach Beweisstücken fortsetzen.
Sonst verstärkt sich seine Ansicht, dass seine Schuld am Verbrechen nicht bewiesen werden kann.

Thomas, hast du irgendwann beim Verhör beobachtet, wie die Verdächtigte reagieren, wenn man ihnen ihre Rechte erklärt?«

Thomas Ring: »Was meinst du?«

Alexander: »Wie du weißt, beim Verhör erklärt man jedem Verdächtigen sowohl die mildernde Umstände als auch die erschwerende Umstände bei Verübung des Verbrechens, die die Gerichte bei der Verurteilung in Betracht nehmen.«

Thomas Ring: »Alexander, das weiß ich.«

Alexander: »Und jetzt merk dir meine Worte! Hier ist wichtig die Reaktion des Verdächtigen zu verstehen. Beobachte ihn, wie deine Handlungen, nämlich Erklärungen den seelischen Zustand des Verdächtigen beeinflussen, ob er dadurch in Erregung versetzt wird, ärgerlich gemacht wird.
Die Reizbarkeit zeichnet sich bei jedem Verdächtigen aus; bei dem Einen sehr, beim Anderen leicht.

Es hängt von der Wesensart bzw. vom Charakter des Verdächtigen ab. Und dennoch merkt man die Erregung, die Ärgerlichkeit bei der aufmerksamen Aufsicht.
Wenn man beim Verhör einem Verdächtigen Fragen stellt und er ohne darauf nachzudenken bzw. ohne zu zaudern, antwortet; dass er daran nicht beteiligt war; dass er davon überhaupt gar nichts weiß; dass er davon zum ersten Mal von dir hört usw., dann sollte man schon nachdenklich werden, ob er:

1) Die Frage richtig verstanden hat.
2) Ein sehr erfahrener Mensch ist.
3) Die Frage richtig verstanden hat und denkt an einer Antwort nach. In solchen Fällen stellt man sofort andere Frage, damit er keine Zeit hat, nachzudenken.

Und wenn beim Verhör der Verdächtige auf die gestellte Frage nicht ab sofort antwortet, zaudert und nachdenkt, dann sollte man schon ganz in Gedanken sein, dass er an der Tat beteiligt sein kann oder etwas darüber weiß.

Im jeden Fall kann seine Reaktion uns verraten, ob er daran beteiligt ist; ob er seine Hand im Spiel hat; ob er davon etwas kennt oder nicht kennt.«

Thomas Ring: »Warum hast du solche Geschehnisse mir bis jetzt nicht erklärt?«

Alexander: »Kommt Zeit, kommt Rat. Thomas, bei der Durchsuchung der Wohnung und aller Nebengebäuden (Sommerküche, Saune, Stahl, Keller, Taubenschlag, Auto) von Richard Krebs hatten wir weder Geld noch andere wertvolle Sachen gefunden. Auto, das er fuhr ist auf seinen Verwandten angemeldet.

Der Verwandte wohnt überhaupt nicht im Kreis Maibach. Schon drei Monaten befindet sich Richard Krebs in der Untersuchungshaft und die ganze Zeit wird das Auto von niemandem gefahren.

Das Auto steht stets auf dem Innenhof zwischen zwei großen Schäferhunden. Erinnerst du dich an die Aussage von seiner Geliebten minderjährigen Rita Schäfer, die behauptete, dass sein Schäferhund immer im Auto auf dem Hintersitz lag, wenn er mit ihr unterwegs gewesen war.
Wozu braucht er denn den Hund im Auto, wenn er sich mit einer Geliebten trifft?«

Thomas Ring: »Alexander, was willst du damit sagen?«

Alexander: »Ich will damit sagen, dass das Geld und andere wertvolle Sachen nach denen wir suchen, irgendwo im Auto verborgen sind; dass im Auto ein geheimer Versteck eingebaut wurde und in ihm die Gegenstände, die uns interessieren, aufbewahrt werden.

Thomas, jetzt hast du die Möglichkeit nach der Reizbarkeit von Richard Krebs, von der ich dir erklärt hatte, zusehen.

Wir werden ihn einem Verhör unterziehen und vor dem Verhör von unserem Verdacht über einen Versteck im Auto, in dem das Geld und andere Sachen aufbewahrt werden, in Kenntnis setzen. Wenn ich mit ihm reden werde, solltest du ihn aufmerksam beobachten, wie er darauf reagieren, ob er nervös wird.«

Thomas Ring: »Aber wir haben ein Problem. Seine Akten sind beim Untersuchungsrichter Theo Rau, der sich in guter Beziehung mit Hauptbuchhalterin Frau Barbara Brick befindet.

Die beiden kennen sich schon lange sehr gut. Ich verfüge über eine Information, dass Barbara Brick bei Theo Rau im Hotel zu Besuch war. Aber sie hatte bei ihm nicht übernachtet.

Kann sei, dass der Untersuchungsrichter Theo Rau uns eine Genehmigung zum Verhör und zur Durchsuchung des Autos nicht erteilen wird.«

Alexander: »Da hast du Recht. Wenn wir ihn oder jemanden anderen von unserem Verdacht in Kenntnis setzen, dann zerplatzt unser Vorhaben wie eine Seifenblase.

Wir müssen die Besuche Theo Rau im Hotel von Frau Barbara Brick irgendwie dokumentieren und danach werden wir mit ihm strenger umgehen können.

Treffe dich mal mit Frau Rebeca Falle von der Rezeption des Hotels und rede darüber mit ihr. Vielleicht erfährst du von ihr etwas interessantes.«

Am nächsten Tag traf sich Thomas Ring mit Rebeca Falle, von der er erfahren hat, dass Barbara Brick für übermorgen, nämlich für Donnerstag zu 20 Uhr auf das Zimmer von Theo Rau Essen für drei Personen, eine Flasche Champagner und drei Flaschen Wodka bestellt hatte.
Er berichtete darüber Alexander.

Alexander: »Was für eine Gruppe sollte das sein und was wollen die Leute feiern? Wir müssen die Gesellschaft fixieren und Theo Rau von uns abhängig machen. Thomas, konzentriere dich auf diese Maßnahme und setze mich von deinem Plan in Kenntnis.«

Ohne zu überlegen, sagte Thomas Ring: »Das Zimmer, in dem Theo Rau wohnt, liegt auf dem ersten Stock mit dem Fenster der Wilhelmstraße gegenüber. Sollte er von jemandem besucht werden, dann kann man den Besuch beobachten und wahrscheinlich auch Fotos machen.«

Alexander: »Okay. Wir machen es still und heimlich zu zwei. Kein anderer Mensch sollte davon etwas erfahren. Kurz vor 20 Uhr nimmst du das Zimmer unter Aufsicht.
Wenn der Besuch bei ihm im Zimmer erscheint, dann rufe mich an. Ich komme bei dir vorbei. Über andere Maßnahmen werden wir am Treffpunkt reden.«

Zur festgesetzten Zeit erschien Thomas Ring auf der Wilhelmstraße dem Hotel gegenüber und seither verlor er nicht aus dem Auge sowohl den Eingang ins Hotel als auch das Fenster des Hotelzimmers von Theo Rau.

Obwohl die Vorhänge heruntergelassen waren, waren die Vorhänge durchsichtig, sodass man die Silhouette vom Mensch gesehen hat. Und Thomas Ring sah nur die Silhouette von Theo Rau.

Um 21,30 Uhr erblickte er Frau Barbara Brick, die sich abrupt im Ausgang des Hotels zeigte. Sie setzte sich ins Auto und fuhr weg.

Thomas Ring rief sogleich Alexander an: »Alexander, ich habe gerade Frau Barbara Brick gesehen, sie verließ gerade das Hotel, stieg ins Auto und fuhr weg. Wahrscheinlich kam sie früher. Aber das Licht im Zimmer bei Theo Rau brennt bis jetzt.«

Nach 20 Minuten kam Alexander bei Thomas Ring an.
Alexander: »Es ist kurz nach 22. Gehen wir vielleicht ins Hotel hinein?«

Sie gingen ins Hotel hinein und stiegen die Treppen zum ersten Stock hinauf. An der Rezeption war niemand und sie haben niemanden im Korridor getroffen, sodass sie unmerklich an die Tür des Zimmers von Theo Rau herangekommen sind.

Durch die Spalte der verschlossenen Tür war zu sehen, dass das Licht im Zimmer gebrannt hat.
Aus dem Zimmer hörte man sanfte frauenhafte Stöhnen.

Alexander: »Wer ist bei ihm?«

Thomas Ring: »Komm, gucken wir.«

Alexander: »Wie denn? Die Tür ist abgeschlossen.«

Thomas Ring: »Das ist doch kein Problem.«

Er zog aus seiner Jackentasche einen Dietrich heraus und wortlos öffnete das Türschloss. Unhörbar gingen sie in die Diele des Zimmers hinein und machten die Tür zu.

Von hier sahen sie auf dem Bett mit dem Rücken nach unten nackt liegenden Theo Rau und auf ihm saß nackte braune Frau, an der sie die Buchhalterin aus dem Einkaufszentrum Christa Jüte erkannt haben.

Theo Rau lag nackt ausgestreckt mit dem Kopf zur Tür, sodass der ganze Körper der auf ihm sitzenden Christa Jüte zu sehen war.

Ihre braune Haut und gut gebauter Leib verkörperten die Zärtlichkeit und die Schönheit des irdischen Geschöpfes, das Frau heißt.

Christa stürzte sich mit Handflächen auf seine Brust und begleitet mit Stöhnen bewegte sie hin und her kräftig ihr gut gebautes Becken.

Ihre kurze schwarze nach vorne hängende Haare deckten nicht ihre große emporragende Busen mit schokoladenbraunen ansehnlichen Brustwarzen, von deren Wahrnehmung schon zur Erektion käme.

Und berauschender Theo Rau lag mit ausstreckenden Händen wie ein Holm, so eine Formvollendung nicht einmal zu berühren.

Alexander: »Entschuldigen Sie bitte! Die Tür war nicht abgeschlossen.«

Die beiden antworteten nichts, als ob gar kein Funke passiert wäre und machten ihr Liebesakt weiter.

Auf der Stelle verließen Alexander und Thomas Ring das Zimmer. Für sie war wichtig, dass sie die beiden beim Geschlechtsverkehr gesehen hatten. Jetzt fuhren sie nach Hause.

Auf dem Wege nach Hause sagte Thomas Ring: »Theo Rau ist dermaßen im Rausch, sodass er uns wahrscheinlich nicht wahrgenommen hat. Und Christa Jüte, die 29 jährige, unverheiratete, hübsche, attraktive Dame ist leicht angetrunken. Sie war momentan durch ihre heftige Begierde gewissermaßen unerreichbar, als ob sie nicht ganz bei Sinnen wäre.

Möglicherweise sitzt sie schon eine Zeitlang auf ihm rittlings und schmiegte sich kraftvoll an seine Genitale in Erwartung jeden Augenblick nochmaligen Orgasmus zu erleben.«

Alexander: »Warum meinst du das?«

Thomas Ring: »Weil Theo Rau wegen seines Rausches wahrscheinlich nicht einmal ejakulieren konnte.«

Alexander: »Wie kommst du darauf?«

Thomas Ring: »Erstens, ist er, wie gesehen, im Rausche. Zweitens, liegt er wie ein gefühlloser Holm. Solch eine Schönheit wie Christa Jüte schläft mit dem 52 jährigen betrunkenen Theo Rau.«

Alexander: »Wer ist an allem schuld? Solche Frauen machen sich durch ihre verbrecherische Handlungen selber zu Sexsklavin.«

Thomas Ring: »Da hast du recht.«

Alexander: »Thomas, morgen um 9 Uhr hole Christa Jüte von Zuhause ab und verhöre sie. Danach werden wir mit Theo Rau reden.

Ihm werden wir anbieten, einen Verzicht auf weitere Ermittlungen bei Staatsanwaltschaft zu beantragen.

Außerdem soll er eine Genehmigung zum Verhör Richard Krebs und Durchsuchung seines Autos erteilen.«

Wie besprochen, holte Thomas Ring um 9 Uhr Christa Jüte von Zuhause ab. Es war Samstag, aber Alexander zögerte nicht. Eine Verschiebung des Verhörs von Christa Jüte auf Montag könnte zu negativen Ergebnisse führen, denn Theo Rau hatte einflussreiche Beziehungen gehabt.

Beim Verhör erzählte Christa Jüte: »Vorher hatte ich Theo Rau nicht gekannt. Vor zwei Tagen überredete mich unsere Hauptbuchhalterin Barbara Brick ihn zu verführen. Wenn ich das mache, dann wird er uns während der Ermittlungen helfen, die strafrechtliche Verantwortung zu entgehen. Ich sagte, dass ich ihn nicht kenne.«

Und Barbara Brick antwortete darauf:

»Ich kenne ihn gut, aber ich möchte, dass du mit ihm Geschlechtsverkehr treibst. Du bist jung. Ihm wird es mehr gefallen, mit dir einen Liebesakt zu haben. Ich bestellte in sein Zimmer das Essen und drei Flaschen Wodka. Wir beide werden ihn im Hotel besuchen.

Nach dem Essen verlasse ich das Zimmer und du bleibst mit ihm. Du weißt doch selber, was du dann machen sollst.«

Ich bin auf ihr Vorschlag eingegangen. Beim Besuch aßen wir und tranken Wodka. Ich trank nur zwei Gläschen, um mir Mut zu machen.
Als Barbara Brick aus dem Zimmer gegangen ist, zog ich mich vor ihm aus und nahm Dusche im Zimmer.
Er war sehr betrunken, aber hat schon verstanden, was ich von ihm wollte. Als ich aus der Dusche zurück war, lag er schon ganz nackt auf dem Bett.
Was weiter unter uns war, haben Sie selber gesehen.«

Thomas Ring: »Frau Jüte, ich muss ihre Aussage zu Protokoll nehmen. Deshalb müssen sie erzählen, was weiter passiert worden ist.«

Christa Jüte: »Da er sehr betrunken war, half ich ihm Erektion zu kriegen. Dabei berührte ich ihn mit Handflächen sanft an der Brust, am Bauch und als es soweit war, setze ich mich auf ihn und wir hatten Geschlechtsakt. Er wollte es so.«

Am Montag wurde Theo Rau über die Aussagen von Christa Jüte in Kenntnis gesetzt.
Auf die Bitte von Alexander und Thomas Ring gab er die Genehmigung zum Verhör von Richard Krebs und zur Durchsuchung seines Autos.
In diesem Augenblick sagte er zu Alexander: »Alexander, ich möchte mit dir unter vier Augen reden.«

Alexander: »Kein Problem, aber Sie wissen doch, dass ich von meinem Inspektor – Thomas Ring niemals etwas verheimliche.«

Theo Rau: »Trotzdem möchte ich mit dir unter vier Augen reden.«

Alexander: »Nein, es geht nicht. Wie gesagt, ich habe von ihm kein Geheimnis.«

Theo Rau: »Die Akte von Richard Krebs wird sowieso eingestellt. Hinter seiner Angelegenheiten stehen die angesehenen Menschen der Gesellschaft, wie sie sich selbst genannt hatten.

Mir sind manche Leute schon bekannt, weil sie mit mir Kontakt aufgenommen hatten. Dabei boten sie mir dafür große Summe Geld an.

Sie gaben mir zu verstehen, falls ich die Akte nicht einstelle, dann werden die Akten von einem anderen Untersuchungsrichter eingestellt. Deshalb versuche ich daraus für mich den besten Nutzen zu ziehen.

Die Frauen vom Einkaufszentrum, nämlich Barbara Brick und Christa Jüte, wissen davon überhaupt gar nichts. Sie machen sich Sorge um sich selber. Wenn sie das gewusst hätten, dann wären sie zu mir ins Hotelzimmer gar nicht gekommen, um so mehr noch mit mir Geschlechtsverkehr zu treiben.

Und die »große Leute«, wie die angesehenen Menschen der Gesellschaft genannt werden, die hinter Richard Krebs stehen, warten nur ab, mit der Hoffnung, dass die Frauen auch ihre Probleme lösen werden; dass sie mit mir nicht nur schlaffen, sondern mir auch Bestechungsgelder geben werden.
Und danach ich die Akte einstellen werde.

Alexander, glaube mir, ich habe allen Grund mit dir darüber zu reden.

Der Vertreter vom Gebietsstaatsanwalt Herr Maik Peterson fragte mich einmal: »Herr Rau, wie kann man die Akte von Richard Krebs einstellen? Angesehene Leute bitten um Einstellung der Akte von Richard Krebs aus Mangel an seiner Handlungen des Tatbestandes.«

Ich sagte ihm, dass der Tatbestand in seinen Handlungen bewiesen ist.
Theo Rau: »Und weißt du Alexander, was er mir darauf antwortete?«
Er sagte: »Die Beweise kann man doch umändern.«

Seither warte ich, dass die Akte einem anderen Untersuchungsrichter übergeben werden. Wie gesagt, von daher versuche ich für mich aus diesem Fall den besten Nutzen zu ziehen.

Nach Möglichkeit mittels Ankündigung unvermeidlicher strafrechtlicher Verantwortung werde ich von ihnen auch Geld erlangen. Sowieso wird ein anderer Untersuchungsrichter und jemand aus Staatsanwalt für Geld das Ermittlungsverfahren gegen Richard Krebs einstellen.

Deine Mitteilung an Staatsanwalt wird nur die Übergabe der Akte an einen anderen Untersuchungsrichter näher rücken.«

Nach dem Gespräch mit Theo Rau machten Alexander und Thomas Ring weiterhin ihre eingeplante Arbeit.
Aufgrund seiner Erfahrung wusste Alexander, dass man das Verhör von Richard Krebs nicht auf die lange Bank schieben darf, weil Theo Rau, Barbara Brick und andere Interessente, die die Akten einstellen wollen, etwas dagegen vornehmen würden.

Während der zusätzlichen Vernehmung stellte Alexander an Richard Krebs die Frage, wo er das Geld, das er durch die Aneignung an sich genommen hatte, aufbewahrt.

Richard Krebs: »Wie ich schon vorher gesagt hatte, hatte ich kein Geld angeeignet. Ich hatte für meine Geliebten etwas Geld ausgegeben. Das Geld habe ich geliehen und bis jetzt nicht zurück gegeben.«

Alexander: »Herr Krebs, soweit wir wissen, bewahren Sie das angeeignete Geld in einem Versteck auf, das in Ihrem Auto eingebaut worden war.«

Richard Krebs: »Ich habe überhaupt keine Ahnung wovon Sie reden.«

Richard Krebs gestand weder die Aneignung der Gelder noch das Verbergen der Gelder im einem eingebauten Versteck in seinem Auto.
Nach dem Ende des Verhörs nahm er Einsicht in den Beschluss zur Durchsuchung seines Autos. Alexander versprach ihm die Durchsuchung unaufschiebbar durchzuführen und er wurde in die Zelle abgeführt.

Alexander fragte Thomas Ring, der beim Verhör dabei war und Richard Krebs beobachtete, wie Richard Krebs auf alles reagiert hatte.

Thomas Ring: »Ich merkte, dass er sehr Nervös geworden ist.«
In der Zelle hat sich Richard Krebs verschlossen und redete mit niemandem. Bald klopfte er an die Tür an und bat um Empfang von Alexander.

Richard Krebs: »Alexander, ich bitte um eine dringende Begegnung mit meinem Rechtsanwalt Herrn Otto Schleich.«

Alexander: »Das ist eine gute Idee. Wir werden ihm anbieten, sich an der Durchsuchung Ihres Autos zu engagieren. In halbe Stunde fahren wir zur Durchsuchung.«

Richard Krebs wurde in die Zelle abgeführt. In der Zelle setzte er sich auf seine Pritsche und saß bis zum Abfahrt zur Durchsuchung, ohne mit jemandem zu reden.

In kurzer Zeit kamen Alexander, Thomas Ring, Kriminalist Otto Meer, Autoingenieur Ferdinand Trilling, zwei Begleitpolizisten, Richard Krebs und sein Rechtsanwalt Otto Schleich beim Auto von Richard Krebs, das auf dem Hof von Richard Krebs stand, an.

Die Begleitpolizisten mussten die Flucht von Richard Krebs verhüten und beaufsichtigen, dass er mit niemandem von Familienmitgliedern, Verwandten und Bekannten eine Fühlung aufnehmen kann.

Die Durchsuchung dauerte etwa 2. Stunden. Dabei wurden alle Teile vom Auto durchgeguckt. Im Kofferraum wurde ein kleines aus Stahl geschlossenes Kästchen wie ein Tresor nach Innenmaß von 100 zu 150 und zu 250 mm gefunden.
Der Tresor wurde mit einem inneren Vorrichtung verschlossen.

Bei der Durchsuchung bat Otto Meer Richard Krebs den Tresor aufzumachen. Richard Krebs sagte, dass der Tresor vor 6 Jahren von Fachleuten eingebaut wurde und, dass er den Tresor nicht gebraucht hatte, weil er die Schlüssel von ihm verloren hatte.

Mit einem Dietrich machte Otto Meer den Tresor auf. Im Tresor befanden sich mehr als zweihunderttausend Rubel und ein Reisepaas, der auf den Namen Richard Krebs ausgestellt worden war.

Nach der Durchsuchung des Autos von Richard Krebs unterzog Alexander ihn einem Verhör.

Alexander: »Herr Krebs, während der Durchsuchung ihres Autos fanden wir im Kofferraum ihres Autos einen kleinen aus Stahl selbstgebauten Tresor, in dem mehr als zweihunderttausend Rubel und ausgestellter auf Ihren Namen Reisepaas aufbewahrt wurden. Was können Sie dazu sagen?

Dass der Reisepaas Ihnen gehört, können Sie nicht verneinen. Und wem gehört das Geld?«

Richard Krebs: »Den Reisepaas mit Ausreisevisum nach Zypern bekam ich vor einem Jahr, wie sie es sehen. Ich wollte mit meiner Frau nach Zypern ausreisen. Sofort gelang es uns nicht und dann, wie Sie wissen, wurde ich verhaftet.

Meine Frau bekam auch ein Reisepaas mit Ausreisevisum nach Zypern.«

Alexander: »Gut. Und wem gehört das Geld in Höhe von mehr als zweihunderttausend Rubel. Umgerechnet in US Dollar sind das auch etwa zweihunderttausend?«

Richard Krebs: »Das Geld lieh ich mir von Immanuel Sperber, der vor eineinhalb Jahren in die USA ausgereist worden war.

Er ist mein guter Freund. Wir waren zwei Jahre zusammen bei Militär in Afghanistan. Ich rettete ihm einmal das Leben.

Jetzt wohnt er mit seiner Familie in Pennsylvania USA. Die letzten Jahre seiner wohnhaft in Novosibirsk trieb er Business mit Edel- und Buntmetallen.

Zweimal war ich auch mit ihm in China, wo er Buntmetalle verkauft hatte. Mehr weiß ich nicht. Auf die Einzelheiten seiner Geschäfte weihte er mich nicht ein.

Er zeigte mir den Ort von der Stadt Tacheng oder Tchukuchak in China, wo sich das Unternehmen befindet, das Buntmetalle einkauft.«

Zwei Tage später richtete Alexander an das Anmeldeamt der Verwaltung des Innenministeriums über die Stadt und Gebiet Novosibirsk eine Anfrage über Aufenthaltsort und Tätigkeit von Herrn Immanuel Sperber.

In drei Wochen ging bei ihm vom oben genannten Anmeldeamt ein Schreiben ein, in dem stand, dass Immanuel Sperber vor einem Jahr mit seiner Familie zum Wohnen in die USA ausgereist wurden.

Die letzten vier Jahre bis zur Ausreise in die USA trieb Immanuel Sperber ein kleines privates Gewerbeunternehmen mit beschränkter Haftung.
Da er sein Aufenthaltsort nicht mehr in Novosibirsk hatte, konnte er nicht vernommen werden.

Was man an der Tat nicht beweisen kann, musste nach der Strafprozessordnung zugunsten des Beschuldigten ausgelegt werden.

VII

Bald darauf entzog der Staatsanwalt des Kreises die Akten gegen Richard Krebs Herrn Theo Rau und beauftragte, auf die Bitte des Vertreters des Gebietsstaatsanwalt Herr Maik Peterson, den Untersuchungsrichter Herr Heinrich Müller die Ermittlungen durchzuführen.

Nach einiger Monaten Haft wurde Richard Krebs vom Untersuchungsrichter Herrn Heinrich Müller aus der Haft entlassen. Die Ermittlungen wurden aus Mangel an seiner Handlungen des Tatbestandes eingestellt.

Hauptbuchhalterin Barbara Brick, Buchhalterin Christa Jüte und Kaufleute des Einkaufszentrums wurden vor Gericht gestellt und verurteilt.

Nach der Freilassung aus dem Untersuchungsgefängnis holte ihn seine Frau Floriane Krebs am Ausgang der Haftanstalt ab. Die beiden armten sich um, küssten sich und setzten sich ins Auto.

Richard: »Floriane, mein Schatz, du bist bezaubernd!«
Floriane: »Richard, wie lange denn, wirst du solche Gefühle für mich wieder haben?«
Richard: »Ich glaube, das Schwerste ist vorüber. Ich beging dir gegenüber viele Fehler und schwöre bei meiner Ehre, dass jetzt in unserer Beziehung alles anders sein wird. Künftig werde ich dich mit voller Liebe und Respekt behandeln.«

Floriane: »Richard, was machen wir nun der Reihe nach?«

Richard: »Zuerst fahren wir zum Hotel »Siebenzelt« und werden für einen Tag ein Zimmer für uns einmieten. Ich muss mich rasieren, duschen und umziehen. Danach überlegen wir, was weiter zu tun ist, bevor wir nach Hause fahren.

Außerdem muss ich mich an den Untersuchungsrichter Herrn Heinrich Müller wenden, damit er die Beschlagnahme auf mein Geld von mehr als zweihunderttausend aufhebt.«

Wie eingeplant, mieteten sie an der Rezeption des Hotels ein Doppelzimmer für einen Tag ein und gingen auf das Zimmer. Er rasierte sich, zog sich aus und ging unter die Dusche. In kurzer Zeit sagte er zu Floriane: »Zieht dich doch aus und komme, nehme mit mir Dusche.«

Floriane: »Wenn ich jetzt in die Dusche komme, dann schaffen wir heute nicht alles, was wir machen wollten.«
Richard: »Das ist doch egal, machen wir morgen. Komm doch!«

Floriane zog sich aus und ging in die Dusche hinein. In diesem Augenblick war sie für ihn die Betörende. »Warum nahm ich bis jetzt ihre Schönheit nicht wahr?«, lief ihm durch den Kopf.

»Wahrscheinlich, weil sie zu mir gehört, weil sie meine Frau ist?«, dachte er. Und die Naturerscheinung, die in jedem Mensch lebt, die sich durch das Possessivpronomen »Meine« ausdrücken lässt, stumpfte unbewusst bei ihm die seelische Schätzung der Gefühle der Liebe zu ihr, ab.

Die Trennung der beiden, die durch die Verhaftung von Richard geschehen wurde, erweckte in ihm die Gefühle der Liebe zu seiner Frau Floriane.

Das war keine Sehnsucht nach ihr, das waren die Gefühle der Liebe zu ihr.
Mit ihrer schönen Figur, brauner Haut, großen kastanienbraunen Augen, und emporragenden Busen mit dunkelbraunen Brustwarzen zog sie ihn voll in ihren Bann. Er hatte so viele Geliebte und gerade jetzt merkte er wie bezaubern seine Floriane ist. Ihr weiblicher Reiz beeinflusste sein sexuelles Begehren.

Richard armte sie sanft an Schulterblättern um, und drückte sie mit seinen Handflächen an sich und spürte mit seiner Brust die Wärme ihrer Busen. Er küsste sie auf die Lippen, auf die Busen, auf die Brustwarzen und auf den Bauch. Als er sich hoch aufrichtete, erwiderte sie die Küsse auf seine Lippen und legte ihre Hände auf seine Schultern.

Im Nu fasste er sie an ihren Oberschenkeln und Becken um und hob sie ein wenig an. Floriane stützte sich mit ihren Händen an seine Schulter, hob ihre Beine hoch und fasste mit ihnen Richard um seine Taille.

Richard lehnte Floriane leicht an die Wand der Dusche an und drückte lebhaft mit seinen Handflächen ihre Oberschenkeln und ihr Becken an sich.
Zugleich erwiderte Floriane kräftig mit Stöhnen das Anschmiegen an seine Genitalien.

Sie drückte vom Wonnegefühl ihre Augen zu und begehrte, dass sich die Gefühle eine Ewigkeit lang hinziehen würden. Mit Ergötzen sah er auf ihre heftige Libido zum Geschlechtsvergnügen, das auch in ihm die sexuelle Begierde verstärkte.

Die beiden machten sich im Moment ihrem sexuellen Leidenschaft Luft. Nach dem Eintritt des Orgasmus nahmen sie Dusche und gingen zu Bett.

Richard und Floriane lagen auf dem Bett und redeten über die vergangene Jahre von ihrem Zusammensein.

Floriane: »Richard, du kannst dir kaum vorstellen, wie arg ich dich vermisste, wie unsäglich du mir fehltest, wie nah ich das Geschehnis zu Herzen nahm. Ich dachte, ich drehe durch. Ich wusste nicht, wo mein Kopf stand.«

Richard: »Floriane, ich weiß, du musstest vieles aushalten, als ich im Gefängnis war. Mit deinem Benehmen unterstütztest du mich, so zusagen, flößtest mir Mut ein. Ich will jetzt alles anders machen. Glaube mir, wir werden jetzt anders leben.«

Zugedeckt sich mit einem Bettlaken lag Floriane nackt von Angesicht zu Angesicht in Armen von Richard und sie redeten miteinander.

Floriane: »Richard, ich will von dir Kinder haben. Damit wir ganz normale Familie mit Kindern haben.«
Richard: »Ich will auch. Ich verspreche dir, jetzt wird es anders bei uns sein.«

Sie redete weiter mit ihm und merkte nicht, dass er eingeschlafen worden ist. Währenddessen schlief sie auch ein. Von seinen Berühren mit den Lippen wachte sie auf. Seine Berührungen wechselten in die Küsse auf den Hals, auf die Lippen, auf die Busen, auf die Brustwarzen, auf den Bauch.
Sie erlebte seine zärtliche Berührungen schon lange nicht, weil er sie oft mit anderen Frauen betrogen hatte und die letzte Zeit im Gefängnis gewesen war.

Floriane spürte, wie von Richards Küssen ihre Busen, ihr Leib und Unterleib mit Blut durchtränkt worden sind.

Herzlich gern fühlte sie die Wärme seines Glieds und die Feuchtigkeit ihrer Lippen.

Sie drehte Richard auf den Rücken und setzte sich auf seinen Genitalienbereich. Dabei nahm sie eine Stelle wie beim Reiten, die rittlings heißt, sodass sie sich kräftiger an sein knochenharten Glied anschmiegen konnte.

Sie flüsterte ihm ins Ohr: »Richard, jetzt mache ich mir selber ein Kind, sonst werde ich noch lange auf dich warten müssen!«

Aufgestützt mit ihren Handflächen auf seine Brust drückte sie sich heftig mit ihrem Genitalienbereich an seinen und bewegte sich immerzu hin und her.

Sanft nahm er sie mit seinen Handflächen von unten an Oberschenkeln, erhob sie und setzte sie kuscheliger auf sich, sodass sich ihre Genitalien aneinander stützen. Dann legte er seine Handflächen auf ihr Becken und bewegte sich kraftvoll ihr entgegen, als ob er aus ihr etwas pressend ausquetschen wollte.

Er spürte die Anspannung ihrer Muskeln und davon verstärkte sich seine Erektion.

Nachfolgend erlebten die beiden zusammen Orgasmus. Von Zeit zu Zeit half ihnen die Liebe alles zu vergessen. Danach redeten sie wieder von ihrer Vergangenheit und ihrer Zukunft.

Richard sagte: »Morgen muss ich mich an den Untersuchungsrichter Herr Heinrich Müller wenden, damit er die Beschlagnahme auf mein Geld aufhebt.

Normalerweise muss Heinrich Müller die Beschlagnahme auf mein Geld aufheben, weil gegen mich die Akte aus Mangel des Tatbestandes eingestellt wurde.

Sobald ich das Geld bekomme, reisen wir nach Zypern aus. Wir kaufen ein Haus und werden dort unser Wohnsitz haben.

Zuerst werden wir ohne Anmeldung leben, damit niemand von unserem Aufenthaltsort erfährt. Nur du und ich werden zusammen sein und das Leben genießen.«

So verbrachten sie zu zwei den ganzen Tag und die ganze Nacht im Zimmer des Hotels. Bis in die Nacht redeten und knutschten sie miteinander.

Sie hatten mehrmals Liebesakte, als ob sie an einem Tag die versäumte Zeit nachholen wollten.

Am nächsten Tag morgens gegen 9 Uhr kam Richard Krebs bei Herrn Heinrich Müller im Dienstzimmer vorbei und bat ihn um Aufhebung der Beschlagnahme auf sein Geld.

»Herr Müller, bitte heben Sie die Beschlagnahme auf mein Geld auf, und helfen Sie mir das Geld von mehr als zweihunderttausend Rubel zurück zu bekommen«, bat er.

Heinrich Müller: »Herr Krebs, das ist doch nicht so einfach. Ich muss das mit Herrn Maik Peterson vereinbaren. Nur wenn er die Aufhebung genehmigt, dann kann ich die Aufhebung der Beschlagnahme auf das Geld machen, damit Sie das Geld erhalten können. Warten Sie bitte im Wartezimmer.«

185

Während Richard Krebs im Wartezimmer erwartete, rief Müller Herrn Peterson an und sprach mit ihm über die Bitte von Richard Krebs.

Maik Peterson: »Herr Müller, ich hatte doch mit Ihnen alles besprochen. Meine Position ändert sich nicht. Wir halfen ihm aus dem Gefängnis zu kommen und unsere Handlungen sollten von ihm belohnt werden, und zwar so, wie wir zu zweit das vereinbart hatten.

Oder glaubst du, wir gingen kein Risiko bei der Einstellung der Akten gegen ihn aus Mangel des Tatbestandes und seiner nachfolgenden Befreiung aus dem Gefängnis ein?«

Heinrich Müller: »Herr Peterson, alles klar! Ich mache alles so, wie wir das abgesprochen hatten. Und wenn er das Geld bekommt, dann soll er sich bei Ihnen melden?«
Maik Peterson: »Ja. Ich werde Ihm sagen, was er zu tun hat.«

Heinrich Müller: »Herr Krebs, ich habe mit Herrn Peterson über die Aufhebung der Beschlagnahme auf Ihr Geld geredet. Jetzt fasse ich einen Beschluss zur Aufhebung der Beschlagnahme auf Ihr Geld und dann erhalten Sie Ihr Geld. Maik Peterson möchte mit ihnen etwas besprechen. Anschließend fahren sie zu ihm.«

Richard Krebs: »Was will er mit mir besprechen?«
Heinrich Müller: »Er wird das Ihnen selber sagen.«
Nachdem Richard das Geld erhalten hatte, erschien er bei Maik Peterson im Dienstzimmer. Floriane musste 3 Stunden im Auto auf ihn warten.

Als er zurück gekommen ist, sind sie zum Hotel »Siebenzelt« gefahren. Richard war sehr aufgeregt und sagte:

»Floriane, weißt du was dieses Schwein von mir verlangt?«

Floriane: »Was denn?«

Richard: »Er verlangt von mir dreiviertel vom Geld, das beschlagnahmt wurde, d. h. dass ich ihm etwa 188 000 US Dollar übereignen soll.

Und die zweite Variante wäre auf Zypern gegen das ganze Geld ein vier Sterne Hotel am Meer zu kaufen. Ich sollte mich mit 250 000 US Dollar daran beteiligen. Er wird sich auch mit 250 000 US Dollar beteiligen.

Seine Kumpeln haben für ihn dort ein Hotel für halbe Million US Dollar gefunden. Jetzt will er das Hotel kaufen. Ich sollte den Preis für den Erwerb des Hotels mit ihm teilen. Das Hotel sollte uns beiden zu gleichen Anteilen gehören.

Wie er sagte, soll ich mit dem halben Million US Dollar aus Flughaven der Stadt Grosnu in Tschetschenien nach Zypern fliegen.

Dort gibt es zurzeit keine Zollkontrolle. Mich werden zwei Männer bis zum Grosnu begleiten und in Zypern sollten mich seine Kumpeln begegnen. Wenn ich in Zypern bin, dann sollte ich den Kaufvertrag abschließen.

Im Kaufvertrag und in der Urkunde über die Eigentümer des Hotels sollte angegeben werden, dass das Hotel dem Überbringer der Urkunde gehört, nämlich wer das Original der Dokumente besitzt, der sollte auch der Eigentümer bzw. Miteigentümer sein.«

Floriane: »Richard, können wir vielleicht zu zwei nach Zypern ausreisen und dort wohnen, sodass von unserem Aufenthaltsort niemand erfahren würde?«

Richard: »Floriane, du kennst die Leute nicht. Sie tragen Uniform von Staatsanwaltschaft oder Polizei oder noch welche, aber sie sind die schlimmsten Verbrecher. Sie nutzen ihre Mach aus, um ihre verbrecherische Geschäfte zu machen.
Sie verüben alle ihre verbrecherische Geschäfte mit Händen der Verbrecher, die schon Freiheitsstrafe abgebüßt haben.

Solche Verbrecher haben Kontakte auch mit Leuten, die bei Sicherheitsorganen, bei der Regierung und als Abgeordnete (Deputaten) im Parlament sind. Sie werden uns finden; egal wo wir uns zum Leben niederlassen werden. Man kann sie nur mit Spinnen vergleichen, die ihr Spinnennetz in allen Ecken und Enden herstellen, um ihren Beutefang aufzufressen.
Und die große Spinnen fressen auch die kleinen Spinnen auf, wenn die Beute für sie Alle zu klein sein würde oder die kleine Spinnen auf den Fang Anspruch erheben würden.«

Floriane: »Richard, dann geb ihm doch den dreiviertel Teil vom Geld ab, das er von dir verlangt und mache mit ihm keine Geschäfte. Mach mit den Leuten einen Schluss. Was du gerade mir erzählt hast, ist ein Kriminalfall.
Deshalb will er, dass du für ihn die Geschäfte machst. Und was danach?

Wenn du alles erledigst, werden sie dich umbringen. Verstehst du nicht, dass er nicht allein ist. Warum nimmt er nicht jemanden von seinen Kumpeln ins Geschäft als Miteigentümer, wie er sagt?

Weil er dich später einfacher aus dem Wege räumen kann und die anderen nicht.«

Richard: »Ich muss etwas mit Wille Ricke besprechen.«

Floriane: »Wovon willst du mit dem Kriminellen reden?«

Richard: »Wille Ricke musste vor einiger Jahren wegen Diebstahl eine Freiheitsstrafe abbüßen, und wie mir bekannt ist, hat er einflussreiche Beziehungen hier in der Stadt mit Rezidive, die mehrmals Freiheitsstrafe verbüßt hatten und vertraut mit dem Dieb im Gesetz, den sie »Recke« nennen, sind. Vielleicht können die Leute mich gegen Geld in Schutz nehmen?«

Floriane: »Richard, ich möchte nicht, dass du jetzt noch einen Kontakt mit Menschen, die Freiheitsstrafe abgebüßt hatten, aufnimmst. Ich habe dir schon gesagt. Ich brauche das Geld nicht.
Ich möchte mit dir eine ganz normale Familie mit Kindern haben.«

Richard: »Floriane, ich frage ihn nur. Ich rufe ihn an und sage ihm, dass ich ihn sehen möchte. Wir müssen uns treffen. Das Gespräch darf niemand hören.
Deshalb will ich mit ihm unter vier Augen reden.«

Am nächsten Tag trafen sie sich. Willi Ricke schenkte Richard Gehör und sagte ihm: »Richard an deine Stelle würde ich niemals einen Kontakt mit Dieb im Gesetz, nämlich mit dem Pate »Recke« oder mit anderen Autoritäten aufnehmen.

Ich wurde wegen Diebstahl des Privatvermögens verurteilt und büßte 3. Jahre Freiheitsstrafe ab. Ich habe deshalb mit den Autoritäten nichts zu tun.

Laut den Sitten von Diebe werden unter Schutz Vorbestrafte wegen Diebstahl des Staatsvermögens oder wegen Diebstahl des Privatvermögens bei reichen Menschen genommen, die schon bei der Verübung der Aneignungen des Vermögens einen Teil davon in die Kasse der Diebe eingetragen hatten.

Mitglieder ihrer Organisation sind vorbestrafte Autoritäten. An der Spitze steht der Dieb im Gesetz, der auch Pate heißt und der die allgemeine Kasse führt und dafür Verantwortung übernimmt.

Ich kenne den Autorität »Sauerstoff«, der wurde wegen Mord durch das Erdrosseln vorbestraft. Er erwürgte einen Kinderschänder, man kann so sagen einen Wahnsinnigen, der Kinder vergewaltigt hatte.

Normalerweise war er unschuldig gewesen. »Sauerstoff« ist Mitglied der Diebversammlung und kennt persönlich »Recke«. Wenn du auf eine Audienz mit »Recke« bestehst, dann werde ich nach solch einer Möglichkeit fragen.
Bei ihnen gibt es dafür strenge Regeln und der Pate »Recke« trifft Entscheidungen darüber.«

Richard Krebs: »Willi, ich habe mich darüber entschieden. Bespreche das mit »Sauerstoff«, wie du ihn nennst.«
Obwohl es gegen die Gesetze der Diebe gewesen war, traf der Pate eine Entscheidung Richard Krebs zu empfangen.
Der Pate wollte wissen, worüber ein nicht vorbestrafter Mensch mit den Dieben sprechen wollte.
Richard Krebs wurde mit zugebundenen Augen und fesselnden Händen zu Pate gebracht. »Recke« nahm sich Zeit und schenkte ihm Gehör.

Richard Krebs durfte weder den Weg zum Pate noch sein Aufenthaltsort noch den Pate »Recke« und die andere Autoritäten sehen.

Deshalb saß er 2. Stunden mit zugebundenen Augen und fesselnden Händen.

Vor dem Gespräch entschuldigte sich »Recke« für das Zubinden der Augen und das Fesseln der Hände, berief sich dabei auf geltende bei ihnen Regeln zum Ziel der Sicherheit.

Danach sagte er: »Normalerweise nehme ich mir niemals Zeit für Empfang solcher Leute wie du. In deinem Fall habe ich Ausnahme gemacht, weil wir von dir hören wollten, was dich zu uns geführt hat.«

Nachdem »Recke« sich Richard Krebs aufmerksam angehört hatte, sagte er: »Wir können dich unter Schutz nicht nehmen: Erstens, du bist nicht vorbestraft.

Zweitens, wir hätten dich unter den Schutz nehmen können, wenn du vom angeeigneten Geld damals in unsere gemeinsame Kasse einbezahlt und auf unsere Regeln geachtet hättest.

Drittens, du hast zwar Staatsvermögen angeeignet, aber dadurch haben Kaufleute und viele private Verkäufer, die Familien mit Kindern haben und tatsächlich in Armut leben, mit eigenem Geld bezahlen müssen.

Viertens, du hast den hälften Teil vom angeeigneten Geld deinem Chef übergeben. Dein Chef teilte sich das Geld mit Leuten, die an der Staatsmacht waren und machte als Staatsmann von seinen dienstlichen Funktionen Gebrauch.

Nach unserem Kodex ist das ungerecht. Wir dürfen dich unter Schutz nicht nehmen.

Außerdem hast du jetzt Problemen mit Untersuchungsrichtern, weil sie von dir für die Leistung der Hilfe etwas Geld verlangen. Wenn du mit ihrer Hilfe einverstanden warst, dann muss du dafür auch zahlen.

Wer nicht zahlen will, muss seine Schuldlosigkeit selber beweisen. So ist das nach dem Prinzip der Gerechtigkeit.«

Nach der Unterhaltung wurde Richard Krebs mit zugebundenen Augen und fesselnden Händen zum Ursprungsort gebracht, nämlich woher er abgeholt worden war.

Richard Krebs: »Floriane, ich weiß nicht mit wem ich heute geredet habe. Ich befand mich die ganze Zeit mit zugebundenen Augen und fesselnden Händen.

Aber mir wurde deutlich gesagt, dass ich von ihnen keinen Schutz kriege.«

Floriane: »Richard, wie gesagt, geb ihm den dreiviertel Teil vom Geld ab, das er von dir verlangt und mache mit ihm keine Geschäfte. Wir können ganz normal wie viele Familien leben.«

Sie konnte ihn nicht überzeugen. Sie nahm Kontakt mit Willi Ricke auf und bat ihn mit Richard zu reden, damit er mit Maik Peterson keine Geschäfte macht. Willi Ricke war derselben Meinung, dass Maik Peterson ihn ausnutzen will. Aber von selbst wollte er mit Richard darüber nicht reden.

Und auf die Bitte von Floriane hatte sich Willi Ricke entschlossen, mit Richard Krebs zu reden.

Willi Krebs: »Richard, ich bin dir von Herzen zugetan und von daher bin ich die letzte Zeit um dich besorgt, dass du einen großen Fehler machst.

Ich habe so ein Gefühl, dass diese Geschäfte, von denen du geredet hast, dir dein Leben kosten werden. Wenn du das Hotel kaufst, dann wird Maik Peterson dich umbringen.

Sei doch nicht naiv und glaube ihm nicht, dass er dich ins Geschäft nehmen und mit dir zusammen Businness treiben wird.«

Richard Krebs erwartete von Willi Ricke solch ein Gespräch nicht. Er schenkte ihm Gehör und dann sagte: »Willi, ich bedanke mich bei dir herzlich für deine Sorge, aber ich hatte mich entschieden. Ich habe eine Bitte an dich: Solange ich abwesend sein werde, unterstütze Floriane.«

Nach einer Woche flog er vom Flughafen der Hauptstadt der Tschetschenien Grosnu nach Nikosia in Zypern.

Wie abgesprochen, kaufte er in Zypern am Meer ein Hotel. Im Kaufvertrag wurde auf seine Bitte eine Überbringer-Klausel eingetragen.

Laut des Vermerkes wurden zu Eigentümern des Hotels die Personen, die den Kaufvertrag in ihrem Besitze haben und zur Beurkundung bei einem Notar vorgelegt hatten.

193

Nach einiger Zeit kehrte Richard mit Flugzeug durch Grosnu nach Kasachstan zurück. Bei der Ankunft in Flughafen der Stadt Almaty rief er Floriane an und während des Gesprächs mit ihr gab er ihr sein Wort, in kurzer Zeit Zuhause zu sein.

Aber nach Hause kam Richard nicht mehr und seine Leiche wurde auf einem Müllhaufen in der Nähe der Stadt Almaty gefunden.
Gerichtsmediziner stellte fest, dass er in den Kopf erschossen wurde.

Floriane: »Ich glaube, es wäre besser, wenn er wie andere Mittäter vor Gericht gestellt und verurteilt worden wäre. Dann könnte ich mit ihm nach dem Abbüßen der Strafe zusammen sein.«

Floriane liebte Richard und hat von ihm einen Sohn - Ricardo. Sie wandte sich an viele zuständige Stellen, aber Mörder von Richard ist bis jetzt vor Gericht nicht gestellt.

Bis jetzt glaubt auch Dorothee Schwind nicht, dass ihr Ehemann – Manuel Schwind sich aufgehängt hatte, weil es für ihn üblich gewesen war, dass sie mit anderen Männern geschlafen hatte.

*Die Geschichten beruhen auf
wahren Begebenheiten.
Die Personen sind frei erfunden.*

Waldemar Hahn

Zeitfracht Medien GmbH
Ferdinand-Jühlke-Straße 7
99095 Erfurt, Deutschland
produktsicherheit@kolibri360.de